초인의 게임 4

니콜로 장편소설

초판 1쇄 찍은 날 § 2018년 12월 24일
초판 1쇄 펴낸 날 § 2018년 12월 31일

지은이 § 니콜로
펴낸이 § 서경석

총괄팀장 § 최하나
편집책임 § 김경민

펴낸곳 § 도서출판 청어람
등록번호 § 제387-1999-000006호
등록일자 § 1999. 5. 31
어람번호 § 제1-2989호

주소 § 경기도 부천시 부일로 483번길 40 서경B/D 3F (우) 14640
전화 § 032-656-4452 팩스 § 032-656-4453
http://www.chungeoram.com
E-mail § chungeorambook@daum.net

청람

니콜로 장편소설

4

초아의 게임

초안의 게임

◈ Contents ◈

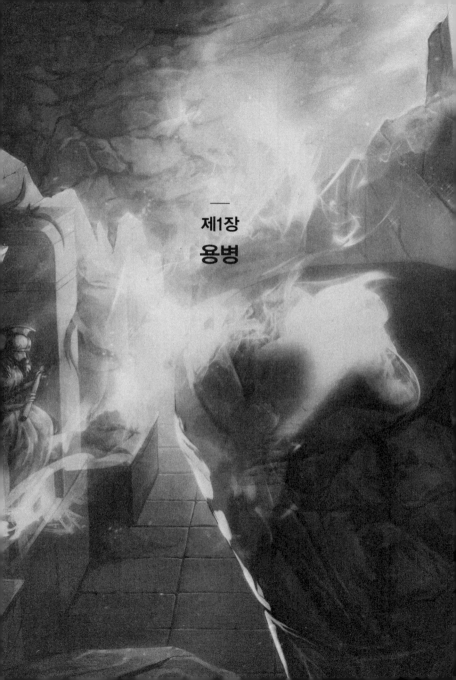

제1장
용병

　다음 날 수석 코치 겸 운영단의 업무까지 맡고 있는 최동준이 계약을 마무리했다.

　이적료는 13억 원으로 해결되었다.

　미래 하이퍼스의 박철호 단장은 몇 년은 늙은 것 같아 보였고, 그래서 괜히 미안해진 최동준 수석 코치였다.

　어찌 되었건 심영수가 합류함으로써 YSM의 화력 지원이 크게 강화되었다.

　심영수의 독선적인 성향이 우려되었으나, 첫 만남에서부터 심영수는 가브리엘 감독을 무척 존중하는 태도를 보였다.

　유럽에 진출하고 싶으니 유럽에 대해 잘 알고 인맥도 있는 가브리엘 감독에게 잘 보여야 할 필요성이 있었기 때문.

거기다가 말을 안 들었다간 구단주가 폭력을 휘두르러 출동할지도 모르는 일.

'그냥 죽었다고 생각하고 참자. 여기서 새 출발이다.'

심영수도 나름대로 각오를 다진 것이다.

덕분에 서문엽과 클럽에서 벌인 사고도 사소한 해프닝으로 끝이 났다.

사이좋게 찍힌 사진이 SNS에 올라 화해했음을 알렸기 때문이었다.

덕분에 심영수의 인성 논란도 얼추 가라앉았다.

대형 사고를 치고 다니는 서문엽이 옆에 있으니, 심영수의 인성 정도는 정말 사소해 보이는 착시 효과였다.

그리하여 지금까지 YSM이 영입한 선수는 근접 딜러 박영민, 서브 탱커 김진수, 원거리 딜러 심영수였다.

심영수야 줄곧 KB-1에서 뛰었고 국가 대표로도 활약한 터라 확고한 즉전감.

가브리엘 감독은 통영까지 내려가 영입한 김진수에 대해서도 만족감을 표했다.

─근력과 민첩성 등 기본 피지컬이 부족하지만 방패 컨트롤이 괜찮아 보였습니다. 반대의 경우면 키우는 데 오래 걸리지만 피지컬이야 집중 훈련으로 금방 올릴 수 있을 겁니다.

"그렇지? 걔는 성격도 착하고 충실한 성격이라 잘해낼 거야."

─그런데 박영민이라는 선수는 재능이 있는지 잘 모르겠더군요.

1년간 날라리로 지내다가 아버지까지 패키지로 참교육 시켜준 근접 딜러 박영민.

80이 넘는 잠재력이 네 가지나 있지만, 오래 쉬어서 현재 능력치가 매우 부족했다.

특히 기술이 55/81.

"걔는 김진수와 반대로 성장에 오래 걸리는 타입이지. 기술적으로도 기초부터 보완이 많이 필요하니까."

─다행히 클럽에 검술 코치가 있으니 남궁지훈과 함께 집중적으로 시키겠습니다.

"뭐, 맡길게. 걔는 기초 피지컬도 부족한 애니까. 근데 잘 키우면 한국에서는 상위에 해당하는 선수가 될 거야."

─네, 한번 성장 경과를 지켜보겠습니다. 구단주님의 말씀이라면 확실하겠죠. 그런데 일단 심영수를 제외하면 당장 KB─1에서 뛰어난 활약은 불가능하기 때문에 즉전감이 필요합니다.

"음, 해외에서 좀 찾아봐야 하나. 아무튼 알았어."

서문엽은 이미 시즌 중에 유소년 리그나 KB7 1, 2부 리그 경기를 모두 훑어봤다.

물론 경기를 풀로 본 게 아니라 선수만 체크한 후에 바로 드라마로 채널을 돌리는 식이었지만.

그중 다른 클럽에서 침 발라놓지 않아서 건진 유망주는 지금 영입한 두 사람 정도였다.

직접 발품 팔아서 출전 기회를 받지 못해 TV에 나오지도 못한 선수들을 봐야 하는데, 그렇게까지 하면 너무 힘들었다.

'너무 유망주만 봤나. 현역 선수 중에서도 한번 봐볼까?'

실력 좋은 현역 선수는 비싸다.

하지만 현재도 실력이 좋지만 앞으로도 더 발전 가능성이 있는 선수라면, 투자할 만하다.

'이 나라 현역 선수는 대부분 본 것 같고, 해외에서 좀 찾아보자.'

영상으로 봐도 증폭된 분석안으로 볼 수 있지만, 실시간으로 보는 영상이 아니면 통하지 않는 단점이 존재한다.

결국 서문엽이 발품을 팔아야 한다는 뜻이었다.

'좋아, 외국인 용병을 한둘쯤 사자.'

빅 리그 출신만 아니면 한국에 데려올 수도 있을 터였다.

집으로 돌아가니 백하연이 휴가차 한국에 돌아와 있었다.

"오, 하연이 왔냐?"

"응, 나 보고 싶었어?"

"당연히 보고 싶었지."

"그럼 삼촌도 파리에 오지그래?"

"호오, 삼촌 없이는 역시 팀에 적응을 못하고 있구나?"

"무슨 소리야? 나 완전 적응 잘했는데. 로테이션 멤버지만 출전 많이 하고 포인트도 많이 땄다고."

서문엽도 안다.

현지에서 백하연 영입은 그럭저럭 성공이었다고 합격점을 받았다.

아직 세계 최고의 클럽인 파리 뤼미에르 BC에서 주전을 차지할 정도는 못 됐다.

하지만 종종 전술적 변화에 따라 투입되는 로테이션 멤버로서 팀의 새로운 옵션이 되고 있었다. 답답할 때마다 활력소가 되어주는 조커의 역할인 것.

사실 중하위권 클럽에 갔다면 주전을 차지했을 터였다. 하지만 그대로 드림 클럽에서 성장해서 언젠가는 주전을 차지하는 것도 나쁘지 않았다.

'저기서 전술적 이해도가 높으면 완벽해지는데.'

말 나온 김에 증폭된 분석안으로 백하연을 살폈다.

그랬더니 놀라운 결과가 나타났다.

─대상: 백하연(인간)

─근력 78/82

─민첩성 90/90

─속도 95/95

─지구력 75/80

─정신력 81/81

―기술 72/75

―오러 70/70

―리더십 87/95

―전술 61/86

―초능력: 순간 이동, 로프

'허어……'

무척 성장했다.

근력이 72에서 78로 업그레이드.

속도는 95를 다 채웠다.

67밖에 안 되던 단점 지구력도 75로 무난한 수준.

수준 높은 리그에서 뛰다 보니 피나는 노력을 했는지 기술도 72가 되었다.

한국 수준만 보다가 탈(脫) 한국 클래스의 능력치를 보니 탐날 정도였다.

그런데 놀라운 것은 리더십과 전술이었다.

'팀 내 적응을 걱정할 필요가 전혀 없었구나.'

무진장 높은 리더십!

어딜 가도 대장 노릇 할 체질이었다.

거기에 전술 또한 잠재력이 높았다.

저 전술 86을 다 채우고 나면 본인의 초능력을 훨씬 더 치명적으로 사용할 수 있을 터였다.

"응? 삼촌, 왜 그렇게 봐?"

"아니, 그냥. 돌머리인 줄 알았는데 의외로 실전에 강하구나 싶어서."

"아으, 혼날래!"

"호오, 아니라고? 그럼 그사이 공부한 프랑스어 좀 테스트해 볼까?"

그 뒤로 서문엽이 프랑스어로 이것저것 질문해 대자 백하연은 귀를 틀어막고 고개를 휘저었다.

저녁 식사 시간 맞춰서 백제호도 돌아왔다.

서문엽은 홧김에 백제호도 증폭된 분석안으로 보았다.

—대상: 백제호(인간)

—리더십 51/51

—전술 62/62

'에라이, 그냥 하연이가 감독 하는 게 낫겠네.'

백제호를 보는 서문엽의 눈에 한심스러움이 깃들었다.

"뭐야, 왜 그런 눈으로 봐?"

백제호가 예민하게 반응했다. 옛날 자신이 실수했을 때 서문엽이 욕하기 전에 보던 그 눈빛이었다.

"아니, 그냥. 이미 한계구나 싶어서."

"또 뭐래는 거야. 밥 먹는데 시비 걸지 말고. 그나저나 너희 선수 영입 열심히 하고 있더라? 영수도 영입하고."

"아, 걔는 부회장이 부탁하기에 나쁘지 않겠다 싶어서."

"대표 팀에서 빼랄 땐 언제고 네가 영입해?"

"쓸 만해질 때까지 담금질해야지."

서문엽은 주먹을 불끈 쥐며 말을 이었다.

"습관이란 게 마음가짐 좀 달라졌다고 쉽게 고쳐지는 게 아니지. 나쁜 버릇 안 나올 때까지 존나 팰 거야."

지금은 YSM에 막 입단한 상태라 심영수의 태도가 나쁘지 않았다.

하지만 익숙한 대표 팀에 간다면 몸에 배인 스타병 습성이 튀어나올지도 몰랐다.

"당분간 대표 팀에 소집 안 할게."

"응."

"근데 영입은 더 안 해?"

"해외에서 좀 찾아보려고. 이 나라 놈들 재능은 다 거기서 거기야. 예전엔 안 그랬는데 왜 이렇게 수준이 낮아졌지."

"초창기에 해외로 다 떠나 버린 게 크지. 아직 16년밖에 안 됐어. 그 후유증에서 회복하려면 멀었지."

"어디 몸값 싸고 초인들 많은 곳 없냐? 남미 같은 데 괜찮냐?"

"축구 하냐? 남미까지 가게."

"그럼?"

"요즘 아시안컵 대비해서 전력 분석하는데 카자흐스탄이 뜨고 있더라."

"카자흐?"

서문엽은 정말 뜬금없다는 표정이 되었다.

러시아 밑에 붙어 있는 카자흐스탄은 영토 면적이 인도에 준할 정도로 넓지만, 그에 비해 인구수가 무척 적어서 초인도 적었다.

"서양 쪽 애들은 신경도 안 쓰겠지만, 아시아에서 보면 전력이 꾸준히 상승하고 있다고 하더라. 초인을 훈련시키는 기술은 우리보다 훨씬 부족한데, 꾸준히 성장하고 있다는 건 나름 재능 있는 애들이 있다는 거 아니겠어?"

"음……"

고민하는 서문엽에게 백하연이 옆에서 채근했다.

"삼촌, 나랑 카자흐 놀러가자. 경치 좋은 곳 많아."

"어머! 카자흐?"

카자흐스탄에 놀러간다는 말에 한승희도 격하게 반응했다. 반년 전에 파리에 함께 갔을 때도 무척 즐거워했던 한승희였다.

덕분에 백제호는 또 집에 혼자 남아야 한다는 불안감을 느꼈다.

백하연이 계속 옆에서 부추긴다.

"거기서 가장 존경하는 초인이 삼촌이야."

"뭐, 어딘들 날 존경 안 하겠니?"

서문엽은 우쭐해졌다.

"그래서 초인들 중에 창잡이가 많아."

"그래?"

"응응, 딜러도 창 쓰고 탱커도 창, 방패 쓰고 그래. 요즘은 삼촌 창던지기도 따라하겠다고 열풍이라더라."

변화구처럼 휘어지는 창 궤적에 카자흐 사람들이 꽂힌 모양이었다.

"그건 던지기 초능력이 없으면 힘들 텐데."

"하도 창을 던져서 관련 초능력 각성한 초인들도 많을걸."

"그 정도로 열풍이었던 거야?"

얼마나 서문엽을 따라했으면 초능력까지 생길까.

서문엽은 서서히 호기심이 들었다.

"좋아, 그렇게 날 좋아한다는데 한 번 왕림해 줄 수도 있지!"

"아싸! 카자흐다!"

"후, 곤란하군. 날 보면 사인해 달라고 몰려올 거 아냐."

한류 스타 기분에 젖은 서문엽과 여행 간다고 그저 좋은 백하연.

희희낙락한 두 사람을 한승희가 부러운 눈길로 쳐다보고 있었다.

백제호는 침울해진 얼굴로 말했다.

"여보, 같이 다녀와……."

"아, 아냐. 남편 혼자 집에 있으면 안 되잖아."

"집에 일하는 사람도 많은데 어때. 다녀와……."

"정말?"

반색하며 좋아하는 한승희.

사회생활로 바쁜 가장은 그저 쓸쓸했다.

그리하여 다음 날, 곧바로 항공 티켓을 끊고서 카자흐스탄으로 날아갔다. 갑작스러운 일정이었지만 신난 여자들은 밤새워서 짐을 쌌다.

카자흐스탄, 알마티 국제공항.

대책 없이 도착한 일행은 러시아어를 할 줄 아는 서문엽을 앞세워서 이리저리 쏘다니기 시작했다.

"서문! 서문!"

공항에서 그를 발견한 사람들이 몰려와 사인과 사진을 요청했다.

이미 한류 스타 기분에 취해 있던 서문엽은 흔쾌히 받아주었다.

택시 타고 번화가로 가서 유명한 식당에 가니, 거기서도 식당 주인이 사진을 함께 찍어달라고 요청하고는 대신 호화로운 식사를 무료로 대접했다.

식사를 하면서 백하연이 물었다.

"삼촌, 무작정 오긴 했는데 이제 어디서 선수를 보려고?"

"음, 글쎄다."

곰곰이 생각해 본 서문엽은 좋은 생각이 떠올랐다.

"잠깐만."

스마트폰으로 카자흐스탄 배틀필드 협회를 검색한 후에 나온 전화번호로 전화를 걸었다.

"거기 협회죠? 나 서문엽인데요. 사람 한 명만 보내줘요."

*   *   *

"서문!"

구릿빛 피부에 190㎝에 달하는 듬직한 근육질 육체를 가진 장년 사내가 씨익 웃으며 손을 흔들었다.

서문엽도 아는 얼굴이었다.

"티무르?"

"그래, 서문!"

티무르 아흐메토프라는 카자흐스탄의 초인이었다.

전쟁 시절 러시아 쪽에서 활동할 때 던전 공략에 자주 참여했던 동료였다.

7영웅에 들지는 못했지만 실력이 괜찮아서 몇 차례 데리고 다녔었다. 러시아어를 배운 것도 이 친구에게서였다.

서문엽과 함께 공략 불가 던전을 몇 차례 격파했기 때문에 카자흐스탄에서 영웅이 되었던 것으로 알고 있었다.

"너도 협회에서 일해?"

"응, 나 협회장이야."

"……."

서문엽은 잠시 할 말을 잃었다.

협회에 전화해 직원 보내 달라니까 협회장이 출동했다.

"협회에 직원이 없냐?"

그러자 티무르는 껄껄 웃으며 말했다.

"서문이 왔다니까 내가 직접 온 거지. 카자흐스탄에 왔으면 진작 내게 연락하지 그랬어."

"어, 미안. 원래 쓰던 핸드폰이 박물관에 전시되어 있어서."

그 말에 티무르는 호탕하게 웃었다.

그는 곧 백하연, 한승희와도 인사를 나눴다.

"그런데 카자흐스탄엔 무슨 일이야?"

"선수 좀 보려고."

"정말?"

티무르가 반색을 했다.

"그럼 우리 팀에 먼저 가자."

"우리 팀?"

"내가 팀 하나를 갖고 있어."

"협회장에 구단도 하나 있다고?"

"하나 아니야. 축구단도 하나 있지. 몰랐겠지만 나 장관도 지냈었어. 다 서문 덕이야."

서문엽은 헛웃음을 지었다.

이제 보니 못 본 사이에 아주 거하게 출세한 모양이었다.

"자자, 가자고. 우리 팀 보여줄게."

그렇게 해서 티무르를 따라 도착한 배틀필드 클럽은 시설 면에서 YSM과 우열을 겨룰 수 있을 듯했다.

한마디로 열악해 보였다는 뜻이었다.

"하하, 겉보긴 좀 그렇지? 그래도 있을 건 다 있어."

"뭘, 우리 팀도 마찬가지야."

강화도 산골의 폐공장을 개조한 클럽하우스를 가진 YSM이 뭐라 할 수는 없었다.

그래도 지도자나 훈련 시설 등은 최신식으로 바꿔서 내실은 다졌지만 말이다.

'하다못해 여긴 도심에 있기라도 하지, 우리는 정말 돈 벌어서 클럽하우스를 옮기든가 해야겠어.'

YSM으로 선수들이 오기 싫어하는 이유 중 하나가 바로 위치였다.

산골에 처박혀 있어서 놀려면 차 끌고 나와야 하니 오기 싫은 것이다.

바이크 타고 쌩쌩 달리는 서문엽조차 클럽하우스에 자주 가지 않으니 대책이 필요하긴 했다.

그런 궁리를 하고 있을 즈음, 트랙을 달리던 여자 선수 하나가 이쪽으로 다가왔다.

"아빠! 그 사람이 서문이야?"

하얀 피부와 흑발, 늘씬한 몸매에 작은 얼굴.

전형적인 러시아계 미녀였다.

그래서 서문엽은 어안이 벙벙해졌다.

'방금 아빠라고?'

티무르와 미녀를 번갈아 보던 서문엽이 결론을 내렸다.

"아, 입양했구나?"

"가끔 너무한 소리를 하는 건 여전하네. 내 친딸 맞아, 서문."

"말이 안 되잖아?"

따지듯이 묻는 서문엽의 말에 미녀 딸이 키득거렸다.

"뭐가 말이 안 돼? 아내의 미모와 나의 강인한 체력을 물려받은 아이라고."

확실히 180㎝에 달하는 큰 키나 떡 벌어진 어깨는 아버지를 닮긴 했다.

"그렇게 편리한 유전자 몰빵이 가능한 거였냐?"

"저기 백의 딸도 있잖아!"

그제야 서문엽은 백하연을 보고는 고개를 끄덕였다.

"그건 그렇지."

"자, 인사나 하라고. 내 딸 사니야야."

"반가워요. 만나서 영광이에요."

사니야의 인사를 받으며 서문엽도 웃으며 고개를 끄덕였다.

그러면서 증폭된 분석안으로 능력치를 살펴보았다.

－대상: 사니야 아흐메토바(인간)
－근력 72/87
－민첩성 75/93
－속도 73/88
－지구력 70/84
－정신력 83/83
－기술 73/97
－오러 85/90
－리더십 72/72
－전술 36/81
－초능력: 근력 강화

－근력 강화: 오러를 지속적으로 소모하여 근력을 40% 강화시
킨다.

'어우야.'

서문엽은 헛바람을 집어삼켰다.

평생 살면서 본 여자 초인 중 슈란 다음으로 최강이었다.

재능만 따지면 파리 뤼미에르 BC의 스타플레이어들과 비교
해도 밀리지 않았다. 나단 베르나흐나 치치 루카스 같은 괴물

만 빼면 꿀리지 않을 능력치!

90을 넘긴 재능도 민첩성, 기술, 오러로 모두 알짜배기고, 다른 능력치도 80대다.

정말로 전투 쪽의 재능은 아버지를 물려받은 모양이었다. 초능력 근력 강화도 아버지와 판박이였고 말이다.

"포지션이 뭐니?"

"탱커예요."

"음……."

근력 강화까지 있으니 탱커가 자연스러운 선택이었으리라.

"야, 네 딸 경기 영상 좀 볼 수 있을까?"

"오, 내 딸에게 흥미가 생긴 거야?"

"전투 쪽은 네 유전자를 받았다니까 한번 보고 싶어서."

"으하하! 내 딸이라서 자랑하는 건 맞지만, 정말 대단한 아이라고."

"알았으니까 경기 영상 봐보자."

"아니, 서문! 못 본 사이에 왜 그렇게 재미없어졌어?"

"뭐 인마?"

"예전 같았으면 한번 붙어보자고 했을 거 아냐?"

"그땐 참고할 만한 영상이 없었을 때잖아."

그리고 그때는 멤버로 합류시키기 전에 기선 제압을 할 의도도 있었다.

그때 사니야가 서문엽에게 말했다.

"대련을 해주시면 안 될까요? 너무 뵙고 싶었어요. 부탁할 게요."

"음, 그럼 장비 좀 가져와 봐."

"하하하! 한번 붙어보라고!"

서문엽은 대충 창과 방패만 들고 접속 모듈에 들어갔다.

반면 사니야는 중무장을 했고 눈빛에도 실력을 다 보여주 겠다는 각오가 되어 있었다.

던전에서 마주쳤을 때, 서문엽은 흠칫했다.

사니야는 원형 방패에 1.8m쯤 되는 짧은 창을 들고 있었 다. 한 손으로 쓰기도 좋고 던지기도 편한 정도의 창이었다.

등에도 접이식으로 된 창 세 자루가 더 걸려 있었다.

전투 태세 역시 어디선가 많이 본 모습인데…….

'뭐야? 내 판박이잖아?'

그랬다.

사니야는 서문엽을 똑같이 흉내 내고 있었다.

카자흐스탄에 서문엽의 추종자인 배틀필드 선수들이 많다 더니 정말인 모양이었다.

사니야는 씨익 웃더니, 들고 있던 창을 대뜸 던졌다.

쉬이이익!!

창은 무서운 속도로 날아왔다.

그야말로 빛의 속도를 방불케 했다.

서문엽은 빠른 반사 신경으로 고개를 돌려 피했는데, 조금만 늦었으면 머리가 꿰뚫려 원 샷에 져버리는 참사를 당했을 것이다.

'던지기 스킬도 없이 저리 빠르게 던지다니. 근력 강화를 이용했구나.'

순간적으로 근력을 강화시켜서 창을 던졌다.

현재 근력이 72인데, 초능력으로 40% 강화시키면 약 101.

그 정도면 그냥 창을 던져도 엄청난 위력을 발한다.

만약에 근력을 한계치인 87까지 다 키운 후에 근력 강화를 한다면?

'와, 그럼 122 정도인가?'

활용하기에 따라 엄청난 위력을 발휘할 것 같았다.

두 사람이 본격적으로 충돌하기 시작했다.

터엉!

사니야가 내지르는 창을 가볍게 방패로 받아냈다.

이윽고 좌측으로 뛰어오르며 지르기!

촤악!

사니야는 갑자기 방패로 커버할 수 있는 범위 바깥에서 공격당하자 급히 벗어나서 피했다.

서문엽은 쫓아 붙으며 찌르기를 계속 펼쳤다.

그러면서 계속 사니야를 분석한다.

'방패 컨트롤이 약한데.'

서문엽이 작은 원형 방패를 쓰는 이유는 두 가지가 있었다.

하나, 작은 걸 써도 상대의 공격을 미리 예측하고 움직여서 다 막을 수 있는 테크닉적인 자신감.

둘, 민첩성이 좋지만 힘이 약하다는 점.

근력 79로 탱커로서는 아슬아슬한 수치인 서문엽이었다.

근력보다는 차라리 민첩성을 더 살리는 자연스러운 선택을 했다.

빠르게 공격할 수 있으면서 던지기도 편한 창을 골랐고, 그러다 보니 한 손으로도 쉽게 창술을 펼칠 수 있었다.

그러자 왼손이 빈 게 아까워서 그냥 방패라도 들었다.

그렇게 딜러에서 탱커로 포지션이 확정된 서문엽이었다.

절대 정석이 아니었다.

정석이 아니므로 단점도 있었지만, 서문엽은 인류 최고 수준인 기술 100/100으로, 극한으로 자신의 스타일을 연마해서 완성시켰다.

87이나 되는 근력의 재능이 있고, 근력 강화까지 펼칠 수 있는 사니야에게 어울릴 스타일은 결코 아니었다.

'하지만 얘도 민첩성과 속도가 꽤나 높아서 아예 중무장을 시키기도 아깝긴 한데. 그렇다고 내 스타일을 계속 시키자니 근력 강화를 활용 못 하고.'

사니야는 근력 강화를 주로 창 던질 때 활용하고 있었다.

근접 전투에서는 제대로 활용 못 했다.

그럴 수밖에 없다.

한 손보다 두 손으로 써야 더 힘을 크게 실을 수 있는 건 초인도 마찬가지였다.

한 손으로 창을 다루니 근력 강화를 100% 활용할 수 있을 리 없다.

거기에 방패도 작고 무장도 가벼워서 몸싸움을 벌이기도 부적절하다.

물론 서문엽은 제럴드 워커와 몸싸움을 벌여도 테크닉으로 극복했지만, 그건 서문엽이 기술 100/100이기 때문.

꾸준히 키워서 기술을 97까지 다 채워준다면 사니야도 서문엽 스타일로도 대성할 수 있겠지만, 그때까지 언제 기다릴 참인가?

'역시 포지션을 바꿔야겠어. 일단은 가볍게 때려눕히자.'

서문엽은 순간적으로 창의 그립을 던지는 자세로 고쳐 잡았다.

던지는 듯하더니, 다시 찌르기 그립으로 바꿔 쥐고 하단을 찔렀다.

푹!

초고속으로 펼친 페인트에 걸린 사니야는 허벅지를 찔렸다.

"악!"

균형을 잃고 한쪽 무릎을 꿇은 사니야. 다시 일어나려 했지만, 서문엽은 그대로 돌진해 방패로 냅다 찍어버렸다.

파앗!

사니야의 아바타가 소멸했다.

당연하지만 서문엽의 완승이었다.

접속 모듈에서 나오자 속상해하는 사니야가 보였다.

실력을 다 보여줄 틈도 없이 져버려서 속상하다고 생각할 터였다.

하지만 서문엽은 이미 분석안으로 그녀의 자질을 충분히 파악한 뒤였다.

"역시 서문이야. 내 딸은 어땠어?"

"응, 재능 있던데."

"하하, 그렇지? 거봐라, 사니야. 재능 있다고 하잖아. 그러니까 속상해하지 마."

티무르는 사니야를 위로해 주었다.

서문엽이 그런 그녀를 보며 말을 이었다.

"그 스타일은 아버지한테 배웠어?"

"네. 힘이 세니까 탱커가 좋은데, 이왕 탱커면 서문이 최고라고 하셔서……."

"하하하! 이 나라에서 가장 너를 가까이서 보았던 사람은 바로 나지! 난 네 스타일을 다 알고 있기 때문에 딸에게 여기까지 가르칠 수 있었어."

"……."

서문엽은 한심함을 느꼈다.

생각해 보니 그 시절, 티무르도 서문엽을 몹시 존경했던 추종자였다.

"사니야, 잘 봐봐. 내 스타일은 방패와 창을 들고 있고 힘을 양쪽에 분산시키고 있지?"

"네."

"이 스타일은 어느 한쪽에 힘을 완전히 가하지 않아. 정면 충돌보다는 언제나 회피하고 반격할 태세인 거야. 이건 이해하지?"

"네."

"아까 보니까 순간적으로 근력을 강화시키던데, 이 스타일로는 그걸 제대로 활용할 수 없어."

놀라서 눈을 동그랗게 뜬 사니야.

서문엽이 이어 말했다.

"방패를 버리고 양손 창으로 바꿔서 근접 딜러를 하자. 그러면 네 힘과 민첩성을 동시에 살릴 수 있을 거야. 우리 팀에 온다면 이걸로 널 세계 최고로 만들어줄게."

*　　　　*　　　　*

서문엽은 자신의 뛰어난 안목으로 진심 어린 조언을 해주었다.

그런데 그런 영광을 받은 사니야는 어쩐지 심통이 난 얼굴이었다.

"싫어요."

"그래, 내 말대로 훈련하면 곧… 응?"

"싫다고요!"

"방금 내 천금 같은 조언을 싫다고 했니?"

서문엽이 입가에 특유의 인자한 미소를 띠려는 찰나, 티무르가 잽싸게 끼어들었다.

"자자, 서문. 내 딸 스타일이 왜 마음에 안 드는 거야?"

"아깝잖아. 근력 강화 초능력을 이상하게 이용하고 있으니까."

"내 딸은 스피드도 있어. 다 활용하는 탱커는 역시 서문이잖아."

"그러니까 양손 창 쓰고 근접 딜러를 하라고! 두 손으로 힘 빡 줘서 찔러 버리면 그것만큼 좋은 게 없는데, 왜 힘 낭비야!"

"쯧쯧, 서문은 여자의 마음을 모르는군."

"뭐 인마?"

"탱커의 로망은 서문이잖아."

"그게 여자의 마음이랑 뭔 상관이야, 미친놈아!"

퍽!

"크억!"

20년 만에 조인트를 까인 티무르는 펄쩍펄쩍 뛰었다.

그러면서도 티무르는 정강이를 붙잡으며 말했다.

"18년 평생 너처럼 되고 싶어서 훈련했던 아이의 마음을 해 치지 말아줘."

"잉? 18년?"

서문엽은 놀라서 사니야를 쳐다봤다.

180cm의 큰 키.

떡 벌어진 어깨.

어른스러운 얼굴과 몸매.

이게 어딜 봐서 18세란 말인가?

20대 초중반 정도는 된 줄 알았던 서문엽은 경악해야 했다.

'만 18세밖에 안 됐는데 이 정도라면……'

적합한 스타일과 체계적인 훈련만 만나면 곧 폭풍 성장을 할 것이다.

잘 키워놓으면 1,000억에도 팔 수 있는 것이다.

이 정도의 초특급 유망주를 본 적이 없는 서문엽은 눈이 돌아갔다.

"사니야?"

"왜요."

사니야는 뾰로통한 표정으로 대답했다.

"어쨌거나 너도 최고가 되고 싶은 게 목표 아니야. 맞지?"

"네."

"그렇다면 내가 책임지고 널 최고로 만들어주마. 그러니 같 이 한국에 갈래?"

"싫은데요."

"……"

서문엽의 입가에 미소가 지어졌다. 그런데 이마에는 힘줄이 솟았다.

"이유가 뭔데?"

"서문도 곧 유럽으로 떠날 거잖아요. 서문도 없는데 나 혼자 한국에 있어서 뭐 해요? 더 선진적인 유럽 팀에 가고 말지."

"……"

너무 지당한 말이라 대꾸를 할 수 없었다.

사니야는 콧방귀를 뀌며 말했다.

"아빠가 협회장이라서 유럽 쪽에 나름 인맥이 있거든요? 국제 대회 성적 바닥인 건 한국이나 우리나 마찬가진데 배틀필드 강국인 줄 착각하지 말아줄래요? 축구가 아니거든요."

"으음……"

서문엽은 침음했다.

하기야 저만한 유망주가 한국에 온다는 게 말이 되지 않았다.

'나라도 안 간다.'

7영웅 중 2명이나 있는 나라가 어쩌다 저런 소리를 듣게 됐는지 회의감이 들었다.

서문엽은 고민 끝에 질문을 던졌다.

"그러니까 네 말은, 내가 유럽에 안 가면 우리 팀에 올 생각이 있다 이거지?"

"훙, 생각은 있어요."

그냥 한 번 튕기는 사니야.

서문엽은 열심히 머리를 굴렸다.

'내가 유럽 가서 이적료 뜯어내면 그 돈으로 이것저것 할 수 있지만, 쟤도 아무리 봐도 월드 클래스로 자랄 것 같은데.'

심지어 여자라서 초상권 판매도 더 우월할 것 같았다.

팬들도 이왕이면 전사보다 여전사를 더 좋아했기 때문이다.

이번에 놓치면 다시는 얻을 수 없을 것 같은 유망주였다.

'그래, 일단은 한국에서 이룰 수 있는 것을 전부 이루자.'

사니야가 다 성장해서 자신의 뒤를 받쳐준다면 YSM으로도 세계 대회에서 좋은 성적을 거둘 수 있을 것이다.

심영수처럼 특별 관리가 필요한 놈도 있으니 겸사겸사 YSM에 잔류하기로 했다.

결심을 굳힌 서문엽은 고개를 끄덕였다.

"알았다, 유럽 안 간다."

"정말요?"

"그래, 가도 나중에 너랑 같이 손잡고 갈게."

사니야는 배시시 웃었다.

"좋아요. 그럼 생각해 보죠."

이후 사니야의 이적 관련해서는 티무르와 상의했다.

티무르도 이왕이면 서문엽에게 딸을 맡기고 싶어 했다.

왜 유럽에 안 보내냐고 물으니, 서문엽이 최고이기 때문이란다.

"유럽도 공략 불가 던전을 깨지 못했지만 서문은 했잖아. 아무리 그들이 기술력이나 스포츠 의학이 어쩌고 설쳐도 난 그들보다 서문을 믿어."

"뭐, 믿어주니 고맙네. 내가 책임지고 월드 클래스로 키워줄게."

"하하, 내 딸에게 그만한 재능이 있는 건 확실하지?"

"나 모르냐?"

"알지, 서문이 찍은 초인은 다 거물이 됐잖아."

그리하여 사니야 아흐메토바와 계약을 했다.

사니야는 이래 봬도 카자흐스탄에서 알아주는 인기 선수였기 때문에 대우를 적게 해줄 수 없었다.

옛정을 중시 여기는 티무르는 그저 얼마든 상관없다며 껄껄거렸지만, 서문엽은 이적료 30억 원을 주었다.

사니야의 연봉도 5년 계약에 최혁과 같은 7억으로 맞췄다. 본래 5억이었지만 KB-1으로 승격하면서 재계약해 오른 액수였다.

사니야를 갖게 되니 그 뒤로는 선수를 볼 필요도 없었다.

"이제 이적 시장은 끝났어. 놀자!"

그 뒤로 사니야와 서문엽 일행은 카자흐스탄의 관광지를 돌아다니며 즐거운 시간을 보냈다.

*　　　*　　　*

서문엽 일행이 사니야와 함께 돌아왔을 때, 인천공항에 기자들이 모여 있었다.

"서문엽 씨, 파리 뤼미에르에서 영입 제안을 한 것이 사실입니까?"

"베를린 블리츠에서도 영입 제의를 했다고 하는데 의향이 있으십니까?"

"전 7영웅 동료였던 엠레 카사 감독이 서문엽 씨와 또다시 기적을 이루고 싶다고 했습니다. 이를 어떻게 생각하십니까?"

"파리 뤼미에르와 베를린이 2억 유로 규모의 비드를 했다는데 사실입니까?"

"뉴욕 베어스와 LA 워리어스에서도……!"

기자들이 질문 공세를 펼쳤다.

그랬다.

배틀필드 빅 클럽들이 본격적으로 서문엽 영입 경쟁을 시작한 것이었다.

서문엽은 귀찮다는 듯이 손을 휘휘 내저었다.

"아, 몰라! 해외 안 나가요."

그러자 기자들의 얼굴에 실망감이 어렸다.

"해외 진출을 하실 생각이 없으신 겁니까?"

"아직 한국에서 해야 할 일이 남아 있어서 해외는 나중에 갑니다."

"해야 할 일이란 건……."

"아 진짜. 비켜, 이제!"

서문엽이 짜증을 내자 기자들이 길을 열었다.

공항 주차장에서 백제호가 기다리고 있었다.

기자들 때문에 공항 안에 가지는 못하고 차 안에 숨어 있었던 것이다.

서문엽이 해외 진출을 미룬다는 소식은 곧 속보로 전 세계에 퍼졌다.

덕분에 서문엽의 행보에 주목하고 있던 전 세계 팬들은 시무룩해졌다.

역대 최대 규모의 이적이라는 초대형 이벤트를 기대했었기 때문이다.

파리, 베를린, 뉴욕, LA 등등 월드 챔스 우승컵을 노리는 강호들도 시무룩해졌다.

—이제야말로 우리 LA가 세계 정상에 우뚝 설 수 있었는데.

ㄴ서문엽이 해외 진출 의사가 있으면 우리 뉴욕에 오지 LA는 왜 가나?

ㄴLA는 한인들이 많이 살거든?

ㄴ돈도 없는 LA 놈들이 서문엽 영입하겠다고 설치네.

—다 닥쳐, 미국 돼지들아. 서문엽은 결국 파리에 오게 되어 있다. 너희처럼 덩치들 모아서 시대착오적인 파워 게임이나 추구하는 놈들은 서문엽의 우아한 테크닉을 소화 못 한다.

—뤼미에르 자식들 서문엽하고 친한 척은 다 하네. 우리 베를린은 같은 동료였던 엠레 카사 감독님이 계시거든?

—7영웅끼리 뭉쳐야지. 서문엽은 베를린으로 올 거야.

—아오, 시끄러워. 서문엽 한국에 있겠다잖아.

—서문엽은 일단 자기 팀을 키우고 싶을 거야. 다 이해해. 서문엽이라면 팀을 아시아 최고로 만들기까지 1년이면 충분할 거야. 우리 베를린 팬들은 1년 정도는 기다려 줄 수 있어.

—설레발들 치는군. 귀여운 조카가 부르는데 당연히 파리로 와야지.

—다들 모르나 본데, 서문엽이 할 줄 아는 언어 중에는 영어, 독일어, 프랑스어 말고도 러시아어가 있다. 돈이라면 우리 모스크바도 안 져.

ㄴ소름 끼쳤다. 러시아는 여기서 좀 빠지자.

—우리 중국은 서문엽을 환영한다. 그리고 자금력에서 서양에게 지지 않는다.

ㄴ중국은 그냥 쿵푸나 해라.

—아, 아쉽다. 우리 베를린 블리츠가 세계 최고 경쟁에 종지

부를 찍을 수 있었는데. 간만에 짠돌이 구단주도 거액을 내놨단 말이야.

ㄴ웃기는군. 서문엽이 자기 졸병이었던 엠레 카사 감독 밑에서 선수 생활 하고 싶어 할까? 우리 파리는 구단주부터가 서문엽 광팬이야.

ㄴ파리야말로 치치 루카스 같은 선수도 나단 뒤치다꺼리 하게 만드는 한심한 놈들이잖아.

ㄴ나단은 서문엽을 존경한다. 둘이 조화를 이룰 거야.

전 세계 배틀필드 관련 커뮤니티에선 팬들 간에 글로벌 전쟁이 벌어졌다.

서문엽을 누가 데려가느냐로 팬들 간에 말싸움을 벌이는 현상.

이는 세계 무대를 주름잡는 강호들이 모두 겪고 있었다.

서문엽을 영입하지 못하면 들고일어날 기세니 보드진은 울며 겨자 먹기로 이적료를 준비할 수밖에 없었다.

그런데 서문엽이 해외 진출을 미룬다고 하니 일단은 한숨 돌렸다.

이 분위기에서 경쟁을 치렀으면 영입에 성공한다 해도 어마어마한 자금을 소모해야 했을 터였다.

'아직 이르다.'

'뛰어나다는 건 인정하지만 더 큰 무대에서 뛰는 걸 봐야

한다.'

'어마어마한 돈을 투자할 가치가 있는지 좀 더 검증이 필요하다.'

서문엽의 해외 진출 보류로 이적 시장은 다소 김이 빠졌지만, 구단들은 여전히 서문엽의 행보에서 시선을 떼지 않았다.

파리로 간 백하연이 좋은 활약을 하면서 한국에 체류하는 스카우터들도 늘어났다.

전 세계가 주목하는 가운데, 이적 시장은 종료되었다.

휴식기 동안 열심히 훈련을 받으며 재정비를 하던 YSM은 2023년 전반기 시즌에 나섰다.

개막전 첫 경기.

박영민, 김진수, 심영수, 사니야 등 신입생 4인방이 모두 출전하였다.

"오늘 이길 수 있겠어?"

더그아웃에 함께 있던 서문엽이 물었다.

"예. 우리의 전력은 한층 업그레이드되었습니다."

가브리엘 감독은 자신 있게 말했다.

"그중에서도 저 사니야 아흐메토바가 놀랍습니다."

사니야는 YSM에 오자마자 휴식기 동안 특별훈련을 받았다.

무기는 서문엽과 똑같은 1.8m짜리 한 손 창을 쓰다가 3m나 되는 장창으로 교체했다.

모양은 똑같지만 길이만 더 길어진 것으로 모로 형제의 공방에 주문을 넣은 것.

서문엽이 가진 창과 똑같이 오러를 주입하면 펼쳐지는 구조의 장창인데, 창던지기에 나름 일가견이 있었던 사니야가 몹시 좋아했다.

아무튼 무기가 바뀌고 포지션도 탱커에서 근접딜러로 바뀌었으니 특별훈련이 불가피했다.

창을 다루는 코치를 가브리엘 감독의 인맥을 통해 프랑스에서 영입해 와 붙여주었다.

그랬더니 폭풍 성장을 했다.

한 달 남짓한 단기간이었지만, 73이었던 기술이 76으로 3 올랐다.

민첩성은 75에서 80/93으로.

속도는 73에서 75/88이 됐다.

단기간에 폭발적인 성장.

포지션과 무기를 교체시킨 서문엽의 안목이 맞아떨어진 결과였다.

"저런 성장 속도는 나단 베르나흐를 비롯해 몇몇 선수 외엔 본 적이 없었습니다."

한때 파리 뤼미에르 BC의 유소년 팀도 맡은 경험이 있었던 가브리엘 감독의 말이었다.

서문엽은 뿌듯해했다.

"당연하지. 쟨 월드 클래스감이야. 내가 쟤 때문에 해외 진출을 미룬 거라고."

경기가 시작되었다.

서문엽이 열심히 뛰어다니며 모은 이적생들의 활약을 볼 차례였다.

제2장

영입 결과

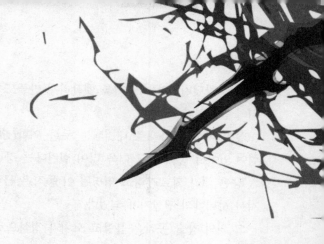

　프랑스에서 온 알아주는 창술 코치 막심 블랑코가 사니야를 케어했고, 여기에 서문엽까지 가세했다.

　둘이 머리를 맞댄 끝에 디자인한 사니야의 새로운 창술.

　블랑코 코치도 인생 최고의 작품이 될 것 같다며 서문엽의 손을 잡고 감격할 정도였다.

　그것은 평상시는 원래 서문엽 스타일처럼 한 손으로 창을 잡고 있다가 공격 순간 두 손으로 쥐고 힘을 가해 찌르는 창술이었다.

　거기다가 던지는 그립으로 잡고 있다가 왼손으로 같이 잡고 찌르는 동작도 만들었다.

이는 창던지기와 찌르기를 헷갈리게 만들도록 의도한 서문엽의 솜씨였다.

살짝 위에서 아래로 내려찍는 듯한 역학(力學)이 찌르기에 섞여 있어서 창에 힘도 더욱 많이 실린다는 장점도 있었다.

'양손 내리 찌르기'라고 명명된 이 동작은 근력 강화와 합쳐져서 사니야의 필살기가 되었다.

그 외의 창술 동작은 블랑코 코치가 정석으로 가르쳤다.

회피는 서문엽 스타일처럼 빠르고, 방어와 견제는 블랑코 코치의 정석대로 탄탄했다. 그리고 필살기인 양손 내리 찌르기는 온 무게중심이 창끝에 제대로 실려서 파워풀했다.

스타일 변화에 불안함이 있었던 사니야도 이 필살기에 엄청난 파워가 실리는 걸 체감하고는 만족스러워했다.

"보여줘, 나의 보물."

블랑코 코치는 느끼한 말투의 프랑스어로 중얼거렸다.

"누가 들으면 지가 다 가르친 줄 알겠어."

옆에서 서문엽이 중얼거렸지만 한국말이라 못 알아듣는 블랑코 코치였다.

오늘 상대는 BC서울이었다.

KB-1에서 늘 포스트시즌에 합류하는 정통의 강팀이었다.

탱커: 최혁, 노정환, 김진수.

근접 딜러: 남궁지훈, 최정민, 박영민, 사니야 아흐메토바.

원거리 딜러: 심영수, 이나연, 윤범

서포터: 조승호

서문엽이 영입하거나 키운 선수들로 완벽한 11인 주전 멤버가 완성되었다.

'완벽해.'

탱커는 최전방에 최혁과 이를 보조하는 노정환, 김진수.

예전엔 4탱커 체제였지만 최근 3탱커 체제로 바뀌고 있는 세계 트렌드에 딱 맞았다.

다만 딜러진은 트렌드와 조금 다르다.

근접 딜러 4명과 원거리 딜러 3명으로, 원거리 딜러를 2명 이하로 줄이는 추세에 반대된다.

하지만 원거리 딜러 중에 윤범은 그림자 속에 숨었다가 단검으로 암습할 수도 있기 때문에 상황에 따라 유동적으로 근접 딜러 역할도 수행한다.

서포터는 조승호 1명.

요즘은 전투가 가능한 서포터를 두거나, 아예 서포터를 없애고 딜러를 보강하는 추세지만, YSM은 조승호가 꼭 필요했다.

그리고 근접 딜러인 남궁지훈은 본래 '보호' 초능력을 동료에게 걸어주던 서포터 출신이었다.

탱커인 최혁도 본래 근접 딜러 출신이라 공격력이 좋다.

상황에 맞춰 수시로 역할을 바꿀 수 있는 멤버 구성.

이것이야말로 임기응변에 능했던 서문엽의 취향에 딱 맞는 팀 구성이었다.

이 중 서문엽이 가장 기대를 거는 선수는 단연 사니야였다.

'어서 자라렴. 나에게 1,000억을 다오.'

30억에 데려와서 1,000억에 팔면 대체 그 이득이 어느 정도란 말인가?

게다가 안 팔아도 된다.

서문엽이 경기에 나서고, 사니야가 뒷받침해 주면 세계 무대에서도 좋은 성적을 노릴 수 있다.

'사니야 같은 애를 어디서 한 명 더 주워올 수 없을까? 그럼 아시아 챔스 정도는 우승도 노려볼 수 있잖아?'

놀지 말고 근처에 있는 우즈베키스탄이나 몽골도 가볼 걸 그랬다는 후회도 살짝 들었다.

하지만 백하연, 한승희와 함께 여행을 다닌 것도 좋은 추억이었기 때문에 후회는 곧 사라졌다.

백제호가 열심히 일하는 동안 셋이서만 놀아서 더 꿀맛이었다.

백제호에게 미안하지 않냐고?

'하나도 안 미안하다.'

백제호는 최혁과 윤범을 국가 대표 선수로 합류시켰다.

심영수도 본래 뺄 계획이었지만, 서문엽의 교육에 의해 바뀌길 기대하며 잔류시켰다.

이나연도 고민 중이라고 한다.

조승호 없이는 위력이 반감되지만, 그냥 본인이 화살을 잔뜩 챙기고 팀원들도 화살통을 하나씩만 챙겨준다면 얼추 그 지랄 맞은 견제를 펼칠 수 있다.

요번에 영입한 양아치 출신 박영민이나 통영에서 데려온 발 빠른 서브 탱커 김진수도 아마 키워놓으면 백제호가 대표 팀에 데려갈 것이다.

'그렇지 않고서야 리더십도 전술도 그 정도인 녀석이 무슨 수로 대표 팀 감독을 계속하겠어?'

결국 이번에도 서문엽의 덕을 보는 백제호였다.

─드디어 이날이 왔습니다. 2023년 전반기 한국 배틀필드 프로리그 KB─1! 그 개막전은 화제의 팀 YSM이 장식하게 되었습니다. 상대는 전통의 강호 BC서울! BC서울도 자존심을 걸고 1부 리그에 처음 올라온 팀에게 질 수 없습니다!

─그렇죠. 하물며 서문엽 선수가 주전 멤버로 나선 것도 아니니까요! 대부분이 신인이나 막 합류한 이적생으로 구성된 YSM에게 질 수는 없는 겁니다!

경기장은 만원이었다.

서문엽의 행보에 국민적인 관심이 있던 탓에 YSM의 팬들이 늘어난 것이다.

아직까지는 열렬한 서포터라기보다는 그냥 가볍게 응원하는 정도에 불과했지만, 어쨌거나 YSM의 티켓 수익이 되고 있었다.

　—1세트 던전은 전사의 무덤, 경기 시작합니다!

경기가 시작되었다.

전사의 무덤은 공략 불가 던전 중 하나였던 곳의 명칭이다.

서문엽 이전까지 너무나 많은 초인이 쓰러져서 붙여진 그 이름은 접속한 선수들도 눈을 감고 묵념케 했다.

5초간 짧은 묵념을 한 양 팀 선수들이 본격적으로 사냥을 시작했다.

첫 번째 구역에서 나타난 적은 '파둡'이라 불리는 식물형 괴물들.

얇고 길쭉한 나무였는데, 뿌리로 땅이나 벽, 천장에 붙어 이동하며 나뭇가지와 잎에 난 날카로운 가시로 상처를 입히고 피를 빨아먹는다.

파둡 자체는 그리 강한 괴물이 아니었다.

몸체가 좀 질겨서 잘 베이지 않지만 오러를 다루는 선수들이 상대하기 힘들지는 않았다.

다만 종종 무척 까다로운 경우도 생긴다.

'미스텔'이라는 기생식물형 괴물이 파둡에 달라붙어 있는 경우였다.

"조심해! 미스텔이 함께 있다."

수십 가닥의 넝쿨 줄기로 이루어진 괴물이 파둡을 휘감고 있었다. 뿌리는 파둡의 몸체 안에 박아놓고 영양분을 빨아먹고 있는데, 위급 시가 되자 기생 대상을 지키기 위해 나선 것이다.

수십 가닥의 넝쿨 줄기에서 독을 뿜으며, 그중 몇 가닥은 눈알을 달고 있어서 360도 사방을 본다.

주로 파둡 같은 식물형 괴물에게 기생하지만, 급하면 살아 움직이는 다른 생명체에게도 기생하곤 한다. 초인에게 달라붙어서 1분 안에 양분을 다 빨아먹어 죽이기도 하는 흉측한 놈이었다.

물론 사냥 훈련이 기본으로 되어 있는 선수들은 신속 정확하게 파둡과 미스텔을 사냥하기 시작했다.

"음, 옛날 생각나네."

사냥하는 선수들을 보며 서문엽은 흐뭇해했다.

"옛날에는 말이야. 정보를 미리 알지 못하니까 어디서 뭐가 나올지 몰랐어."

꼰대 모드가 되어서 옛 추억을 얘기하기 시작하는 서문엽.

"전투 끝났다고 다들 기뻐했는데, 한 녀석이 몸에 미스텔 뿌리를 박고 있는데도 모르고 전투에서 이겼다고 좋아서 웃고 있더라고."

"그, 그게 웃으며 떠올릴 추억인가요?"

최동준 수석 코치가 섬뜩해했다.

"미스텔이 그 자식을 조종하더라. 날 공격하려고 해서 어쩔 수 없이 목을 날려 버렸어. 그 녀석 아무것도 모르고 깔끔하게 죽었으니 나한테 감사해야 할 거야."

전쟁 시대에는 비일비재한 일이었다.

괴물에게 침식당한 동료를 죽여야 하는 일이 빈번했다.

서문엽이 대인전에 능한 것도 이유가 있었던 것이다.

'어쨌든 본인이 눈치채지도 못할 정도로 재빠르게 사람 목을 날려 버렸단 거 아냐! 무서워! 무섭다고!'

덕분에 서문엽이 더 무서워진 최동준 수석 코치였다.

그렇게 서문엽이 옛날 얘기를 하며 아재티를 풀풀 낼 때, YSM 선수들은 첫 번째 구역 사냥을 정리하고 본격적으로 움직였다.

조승호가 다시 조원 5인을 끌고 적진을 향해 움직였는데, 그중에 사니야도 포함되어 있었다.

가브리엘 감독이 준비한 1세트 작전은 평소와 같은 이나 연·윤범의 견제가 아니었다.

─YSM, 그대로 적을 덮쳐듭니다! 이건 견제가 아니라 습격이에요!

그랬다.

늘 펼쳤던 견제인 척 적의 방심을 유도하고, 그대로 정면으로 받아버린 것이다.

무려 5인의 습격.

BC서울도 견제를 감안해 인원을 6—5 둘로 나눠 사냥하고 있었는데, 그중 5인 쪽이 습격을 받았다.

먼저 이나연이 점프!

뒤이어 그림자 속에서 윤범이 사격.

그리고 최혁과 사니야가 달려들었다.

조승호는 멀리 떨어져 있었으므로 사실상 4 대 5였다.

하지만.

파앗!

최혁의 뒤에 숨어 있던 사니야가 기회를 포착하고는 즉각 창을 던졌다.

콰직!

"크억!"

세차게 날아간 창이 이나연을 상대하던 원거리 딜러의 오른쪽 다리에 적중했다.

그 틈에 윤범이 그림자 속에서 튀어나와 단검으로 찔러 마무리 지었다.

―윤범, 1킬.

―아!! YSM 1킬!

―마무리한 윤범 선수도 좋았지만 사니야 선수의 투창이 멋졌습니다!

―저 선수도 창던지는 초능력이 있는 건가요? 서문엽 선수를 보는 듯한 강력한 투창이었습니다!

"좋아."

지켜보던 서문엽이 고개를 끄덕였다.

던지는 그럼으로 페인트를 주기 위해서는, 일단 한 번 정말로 창던지기를 보여줘서 적에게 각인시켜야 한다. 창 던지니까 조심하라고 말이다.

창을 또 한 자루 꺼내 든 사니야가 다시 던지려는 자세를 취했다.

적은 다들 긴장했다.

그 순간.

"차하!!"

사니야는 던지려던 창을 양손으로 붙잡고는 눈앞에 있는 탱커를 있는 힘껏 내려찍듯이 찔러 버렸다.

터어엉!!

"큭!"

양손 내리 찌르기가 탱커의 방패 위에 작렬했다.

필살기의 위력은 대단했다.

힘에 밀려난 탱커가 균형이 무너지면서 방패가 아래로 내려간 것이다.

탱커를 힘으로 무너뜨려 버리는 것!

그것이 온 힘을 싣는 이 필살기의 주요 목적이었다.

그냥 정면으로 찌르는 게 아니라, 위에서 아래로 내리꽂는 듯한 힘의 방향이 주는 이득이었다.

"상대 방패가 힘에 밀려 내려갈 거야. 그때 얼굴을 노리고 빠르게 한 손 찌르기. 무조건 상대보다 반 박자 더 빠르게! 오케이?"

사니야는 말 잘 듣는 제자였다.

그리고 한 손으로 창을 찌르는 동작은 어릴 때부터 해왔던 것.

촤악!

비명 지를 틈도 없었다.

적 탱커의 아바타가 소멸됐다.

―사니야 아흐메토바, 1킬.

짧은 전투에서 1킬 1어시를 올린 사니야.

뒤에서 적 전체의 움직임을 살피고 있던 조승호는 이제 슬슬 빠질까 싶었다.

적 본대에서 지원을 오고 있었기 때문이다.

하지만.

―사니야 아흐메토바, 2킬.

전율이 흐르는 광경이었다.

사니야가 던지려다가 양손 내리 찌르기를 다시 펼치는가 싶더니, 마지막 순간 다시 창을 투척해 버린 것이다.

순간적으로 페인트가 두 번 실린 일격!

멀찍이 있던 근접 딜러 하나가 일격에 아바타가 소멸당했다.

조승호는 화들짝 놀라며 곧 판단을 내렸다.

"그냥 싸워! 우리가 이길 것 같아!"

―우리도 갈까?

본대 쪽에서 노정환이 물었다.

"네, 당장 다 뛰어오세요!"

조승호가 콜을 하자 사냥을 하던 본대도 헐레벌떡 합류했다.

기습 작전이 한 타 싸움으로 돌변해 버린 상황.

사니야가 폭발적인 전투력을 펼치며 그야말로 펄펄 날고 있었다.

"어, 어우야."

서문엽도 기겁을 했다.

증폭된 분석안으로 보이는 사니야의 능력치가 경기 중에 상승해 있었다.

민첩성이 80에서 81로, 기술이 76에서 78로.

짧은 순간에 엄청난 상승폭!

사니야가 그동안 훈련으로 익힌 것을 실전에서 어떻게 펼쳐야 하는지 완전히 감을 잡았다는 뜻이었다.

저렇듯 실전 중에 갑자기 퍼텐셜이 폭발하는 경우가 어느 순간 찾아오는데, 사니야는 첫날부터 터져 버렸다. 월드 클래스 재능의 위엄이었다.

경기장은 카자흐스탄에서 온 용병의 미친 활약에 충격에 빠졌다.

*   *   *

기술 78/78인 선수와 78/97인 선수의 기량은 같을까?

절대로 같지 않다.

78/97의 유망주는 어쩌다 우연히 90은 족히 되어야 할 수 있는 슈퍼 플레이를 펼쳐 자신의 천재 기를 드러낸다.

바로 사니야의 이야기였다.

'방금은 언뜻 서문 아저씨랑 비슷하게 한 것 같은데?'

사니야는 서문엽을 아저씨라 부르고 있었다.

첫 만남 때 대련해서 봤던 페인트 동작을 얼추 비슷하게 해냈다고 생각했다.

간단하지만 초고속으로 펼치면 누구라도 걸려드는 동작.

'아냐, 약간 느렸어. 그래도 요령은 알 것 같아.'

2단 페인트 후 창을 던져 2킬을 기록한 사니야는 뒤로 물러섰다.

무기가 없는 틈을 타 적이 반격하려 했지만, 탱커 최혁이 나서서 막아주었다.

사니야는 여유 있게 창을 한 자루 더 꺼냈다.

'딜러는 참 재미있어!'

탱커 뒤에 물러나 있다가 온 전력을 공격에 집중하면 된다.

공수 배분을 해야 하는 탱커보다 더 신났다.

킬에 맛든 사니야는 본격적으로 날뛰었다.

최혁은 앞에서 든든한 방패막이가 되어주었다.

이나연과 윤범도 눈치 빠르게 견제로 적의 시선을 분산시키며 사니야에게 보조를 맞춰주었다.

모두가 사니야에게 판을 깔아주고 있는 것.

한국 첫 데뷔전.

사니야는 킬 욕심이 일었다.

"킬은 동료가 만들어준 걸 주워 먹는 거다. 혹은 동료가 주워 먹도록 네가 만들어주는 거고."

서문엽의 당부가 떠올랐다.

"괜히 일대일로 솔로 킬 멋지게 만들겠다고 욕심내면 돼진다? 넌 내가 아니라 아직 애송이예요."

그렇게 말하면서 서문엽은 인자한 미소를 지었다. 좋은 말로 할 때 잘 들으라는 표정이었다.

'연계 플레이, 연계 플레이.'

사니야는 할 일을 두 가지로 정리했다.

최혁이나 이나연, 윤범이 만들어준 킬 기회가 보이면 냉큼 챙겨 먹기.

없으면 직접 나서서 적을 흔들어 기회를 만들어주기.

해야 할 일이 명쾌해지니 플레이에 거침이 없었다.

최혁이 방패를 앞세워 밀어붙이고, 사니야가 장창으로 찌르며 함께 흔들었다.

탱커를 잃은 BC서울의 포메이션이 무너졌다.

남은 건 킬 주워 담기뿐!

―왼쪽에 원거리 딜러!

조승호가 멀리서 오더를 내리자, 4인이 삽시간에 왼편에 고립된 원거리 딜러를 집중 공격했다.

당연히 혼자서 당해낼 재간이 없었고, 사니야가 창을 던져 킬을 먹었다.

—사니야 아흐메토바, 3킬.

포메이션이 무너진 팀의 말로였다.

BC서울의 본대가 합류했지만 조승호 조는 물러나지 않고 버티기를 했다.

버티는 사이 노정환 일행도 도착해 한 타 싸움에 합류했다.

그 결과는 압도적인 대승!

—YSM 대단합니다! 9−0의 압도적인 스코어로 대승을 거듭니다!

—사니야 아흐메토바 선수의 활약이 지대했습니다. 용병으로 데려온 선수가 첫날부터 터지네요, YSM!

—서문엽 구단주가 카자흐스탄에 직접 가서 데려온 선수라고 하던데, 바로 실력으로 보여주네요.

1세트는 순조롭게 승리.

이어지는 2세트는 아예 11명이 전원 움직여 BC서울을 압박했다.

자신 있게 먼저 한 타 싸움을 열려는 의도였다.

BC서울 측은 초반부터 승부를 보고 싶지 않았기 때문에 회피하는 듯한 동선을 그리며 사냥을 해나갔다.

그러나 이나연과 윤범이 견제를 펼치기 시작하며 꼬리를 물고 늘어지자, 뒤따라 합류한 양측 선수들에 의하여 큰 싸움이 열렸다.

콰르릉!

심영수의 폭발 구체가 서전을 열었다.

폭발을 피해 산개한 BC서울 선수들을 YSM이 사냥하기 시작했다.

산개한 틈을 타 전원이 달려들어 일부를 집중 공격하는 전술적 움직임이었다.

―사니야 아흐메토바, 1킬.

첫 킬을 장식한 것은 또 사니야였다.

1세트에서 킬 맛을 본 사니야가 탐욕스럽게 달려들어서 창을 찔러 넣은 것이다.

그런 그녀의 보조를 맞춰준 사람은 의외로 심영수였다.

속박을 펼쳐 킬을 할 수 있는 타깃을 만들어준 것이다.

킬 기회를 찾아 눈빛을 회번덕거리고 있던 사니야는 심영수의 의도를 놓치지 않았다.

나름 국가 대표 원거리 딜러라 속박으로 빈틈을 만들 줄을 아는 심영수.

놀랍게도 그는 폭발 구체를 더 사용하지 않고 속박만으로 싸웠다. 손에 창을 들긴 했지만 장식에 불과할 뿐이었다.

"심영수가 잘하는군요."

가브리엘 감독이 고개를 끄덕였다.

나름 이 나라에서는 국가 대표 선수라더니, 자기 초능력을 활용할 줄 알았다.

가장 문제시되던 폭발 구체 남발도 없었다.

오더에 의해 전술적 목적으로 한 번 사용했을 뿐, 그 뒤로는 순순히 속박만 썼다.

예전 같았으면 폭발 구체로 킬을 내려고 했을 텐데, 지금은 고분고분한 모습.

두말할 것도 없이 서문엽 때문이었다.

"맞기 싫으면 말 잘 들어야지."

"사니야와 호흡을 맞추려고 노력하는 모습을 보니 팀플레이를 걱정할 필요가 없겠습니다."

"왜 그러는지 알아? 내가 사니야를 아끼는 걸 봐서 그래."

서문엽이 직접 카자흐스탄에 날아가서 데려온 어린 선수.

더구나 서문엽이 몸소 창술 코치와 함께 머리를 맞대고 창술까지 새로 디자인했다.

그야말로 애지중지였다.

그만큼 넘치는 재능을 서문엽이 보았다는 뜻도 된다.

"사니야와 호흡 맞추면 어시스트를 잘 주워 먹을 수 있다는 계산이 생긴 거지."

"포인트 욕심이야 누구나 있죠. 목적이 무엇이든 제 역할을 잘한다면 팀에 도움이 될 겁니다."

"근데 쟤도 좀 창술을 본격적으로 가르치든가 해야지 안 되겠어."

본래 무기라고는 검을 한 자루 달랑 들고 있던 심영수였다.

하지만 검술 실력이 거의 쓰레기임을 알아본 서문엽은 창으로 바꾸게 했다.

그러고는 속박과 창을 연계한 공격을 펼칠 수 있도록 훈련을 시작했는데, 아직은 잘되지 않았다.

"유럽에 진출하려면 무기도 잘 다뤄야 할 겁니다. 최근 트렌드는 11인 모두가 무기를 들고 싸워야 하는 거니까요."

초능력 위주의 원거리 딜러는 물론 서포터까지도 무기를 잘 다뤄야 한다.

귀하신 몸처럼 원거리 딜러와 서포터를 보호해 주던 시절은 이미 지난 것이다.

"아주 죽도록 훈련시켜야겠군."

─대상: 심영수(인간)

—근력 60/66

—민첩성 70/73

—속도 79/85

—지구력 65/68

—정신력 28/60

—기술 68/73

—오러 84/85

—리더십 11/23

—전술 19/46

—초능력: 폭발 구체, 속박

정신력을 제외하면 아직 잠재력이 많이 남아 있는 부분이 보이지 않는 재미없는 능력치.

그러나 모든 부문에서 조금씩 더 올릴 수 있는 여지가 남아 있었다.

'피지컬 전 분야부터 기술까지, 빡세게 굴려야겠다.'

그래야 좋은 활약을 펼치고서 비싸게 팔릴 테니까.

크게 성장할 부분이 별로 없는 심영수는 최대한 가치를 부풀려서 뻥튀기로 팔아 치울 생각인 서문엽이었다.

본인도 해외 진출을 원하니 서로 윈윈이었다.

'그리고 또 외국에서 사니야 같은 애를 주워 와야지.'

지금도 맹활약을 하는 사니야를 보기만 해도 배가 불렀다.

2세트는 4-0 승리로 끝났다.

YSM도 7명이나 죽었을 정도로 장렬한 한 타 싸움이었지만, 결국은 승리를 쟁취했다.

1세트에 이어 2세트도 MVP는 사니야였다.

사니야는 통역사와 함께 인터뷰에 불려갔다.

하지만 서문엽이 보기에는 1킬 3어시를 기록한 최정민과 서브 탱커 김진수도 잘했다.

'최정민 저 자식 관찰 초능력을 가진 값을 한단 말이야.'

소설가 지망생 최정민.

관찰로 상대의 허점을 파악하는 능력을 십분 활용해 곧잘 활약하고 있었다.

모든 능력치가 조금씩 늘었는데, 그중 기술이 도드라졌다.

70/87이었던 기술이 벌써 75/87까지 쭉쭉 성장한 것이다.

어떻게 올리기 힘든 기술이 가장 많이 성장했을까?

그것은 실전을 치르면서 관찰로 파악한 적의 허점을 어떤 식으로 공략해야 하는지 서서히 감을 잡았기 때문이었다.

이를테면 관찰은 기술 능력치에 10~15쯤을 추가해 주는 효과였던 것이다.

새로 영입된 김진수도 열심히 뛰어다니며 서브 탱커로서 부지런히 적의 공격을 막아냈다.

첫 프로 무대에서 겁먹은 기색도 아니었고, 유소년 리그보다 훨씬 강한 선수들을 상대로도 제 실력을 다 발휘해 일 인분을 했다.

"다들 쭉쭉 성장하는구나."

그저 흐뭇한 서문엽.

가브리엘 감독도 동의했다.

"구단주님께서 성장 가능성이 있는 유망주들만 데려오셨습니다."

"그럼, 내 안목은 신의 경지지. 그런데 다음 경기 상대는 누구지?"

"쌍성 스피리츠입니다."

"쌍성?"

최혁의 원래 소속 팀이었다.

쌍성 스피리츠의 감독은 옛날에 서문엽에게 무참히 구타당했던 인연이 있는 최문앙 감독.

옛날, 자신이 내린 오더에 꼬박꼬박 이견을 제시하던 짜증나는 모습이 떠올랐다.

'두들겨 패서 응징해 줬던 기억은 잘 안 떠오르니까 더 짜증 나네. 정말 내가 때렸던 거 맞아?'

자신이 가해(加害)한 일은 잘 기억 못 하는 중증 증상을 앓고 있는 서문엽으로서는 속이 풀리지 않고 찜찜했다.

"안 되겠다."

"예?"

"쌍성 걔네들 잘하지?"

"우승 후보 클럽 중 하나라고 들었습니다."

"휴, 그럼 내가 나서야겠군."

"그럴 필요까지는 없을 텐데요?"

"아냐, 내가 나서고 싶어."

"1년 3회 이용권에서 빼주시는 겁니까?"

"그래그래. 상대가 쌍성 스피리츠면 항상 예외로 쳐줄게."

"포스트시즌에서 쌍성과 만나도 예외입니까?"

"그래."

가브리엘 감독은 만족스레 미소를 지었다.

"좋습니다. 그럼 올해에 바로 우승을 노려볼 수도 있겠군요."

"포스트시즌에만 진출해라. 내가 우승 시켜 줄 테니까. 올해 우승컵 들고 내년부터 아시아 챔피언스 리그 참가하자고."

"그렇죠. 올해 안에 선수들이 최대한 성장할 수 있도록 하겠습니다."

그리하여서 다음 경기는 물론, 앞으로도 쌍성 스피리츠만 만나면 서문엽은 무조건 출전하기로 했다.

뒤끝이 상당히 강한 서문엽.

그 이유는 본인이 보복했던 일은 잘 기억 못 하기 때문이었다.

경기가 끝나고 집에 돌아가 보니, 백제호가 서문엽에게 물었다.

"너 자드룬 씨앗 어쨌어?"

"늘 가지고 다니지."

서문엽은 품속에서 작은 철제 상자를 꺼냈다.

열어보니 벌레만 한 크기의 검은 씨앗이 아직 그대로 있었다.

들고 다니는 사람이 서문엽이다 보니 싹을 틔울 생각도 못하고 씨앗 상태로 잠들어 있는 것.

"혹시 카자흐스탄 놀러 갔을 때도 가지고 다녔냐?"

"당근이지."

"그러다 흘리면 어쩌려고 그래?"

"그건 너고. 내가 흘리겠냐?"

"끄응, 아무튼 그거 세계 협회에서 사겠단다."

"진짜?"

"응, 대신 그거 어디서 구했는지 알려달라는데."

"…그냥 오다 주웠어."

백제호가 한심하다는 눈빛으로 노려보았다.

서문엽은 뻔뻔하게 낯짝에 철판을 깔았다.

자신의 비밀 장소를 공개하고 싶지 않았던 것이다.

"얼마에 사겠대?"

"몰라. 근데 태도로 보니 자드룬 씨앗을 원하기보다는 처치 곤란한 쓰레기를 대신 처리해 주겠다는 호의처럼 보였다더라."

"……."

돈도 주고 쓰레기도 치워주겠다는 세계 협회의 착한 마음씨.

서문엽은 어쩐지 자존심이 상했다.

"콱 뒤뜰에 심어버릴까."

"죽을래? 자드룬이랑 너랑 같이 이 집에서 치워 버린다!"

제3장
A매치

쌍성 스피리츠는 초상집이 되었다.

얼마 전에 벌어진 YSM과의 경기에서 참패를 당한 것이다.

1세트, 11—0.

2세트, 11—0.

MVP: 서문엽, 도합 22킬.

그랬다.

1년에 세 경기만 뛴다면서 잠잠하던 서문엽이 대뜸 출전하더니 쌍성 스피리츠를 때려눕혀 버렸다.

그냥 천천히 가지고 논 것도 아니고, 대뜸 돌격하더니 그대로 11명을 다 올킬해 버린 것이다.

경기를 지켜보던 최문앙 감독은 고통 끝에 해탈한 표정이
되었다.

실력 차이가 나도 정도껏이지, 자연재해처럼 휩쓸려 버리니
차라리 그냥 운명이었다 셈 치고 일찍 체념해 버린 것이다.

더 가관은 서문엽의 단독 MVP 인터뷰였다.

"너무 놀면 감이 떨어지기 때문에 앞으로 쌍성 스피리츠와
하는 경기는 출전할 생각입니다. 쌍성이 좋은 팀이기 때문에
제 몸풀기 상대로 제격입니다."

─ㅋㅋㅋ쌍성 애들 픽픽 죽어나가더라.

─쌍성 스피리츠 여러분 감사합니다. 11명이서 일시에 덮치
면 서문엽을 이길 수 있는지 궁금증이 풀렸습니다. 턱도 없군
요.

─이제는 적당히 쇼를 할 생각도 없이 바로 달려가 학살하더
라.

─쌍성 애들 개불쌍ㅋㅋㅋ

─앞으로 쌍성 경기는 계속 나가겠대ㅋㅋㅋㅋ 쌍성 어떡하
니ㅋㅋ

─지금껏 본 쌍성 스피리츠 경기 중 가장 재미있었다.

─오늘 경기 역대급ㅋㅋ

인터넷에서는 역대급으로 무참히 박살 나버린 쌍성 스피리

츠를 씹고 맛보는 축제가 열렸다. 자주 볼 수 없는 서문엽의
실력 발휘에 신이 난 네티즌들이었다.

쌍성 스피리츠의 서포터들은 부글부글 끓었지만 상대가 서
문엽이니 어쩔 수 없다는 반응이었다.

―서문엽도 참 너무하는 거 아니냐? 장거리 투창이라든지 견
제 플레이라든지 보여줄 수 있는 화려한 볼거리도 많았을 텐데,
왜 그냥 달려들어서 죽이냐?

―우리 선수들이 너무 불쌍했다. 서문엽 무자비하네.

―최문앙 감독이 백제호 대표 팀 감독과 사이가 안 좋다는
소문이 있음.

―저러면 누가 이겨ㅠㅠ

―우리 팀에 국가 대표 선수도 많았는데 상대가 안 되네…….

―왜 해외로 안 나가고 한국에서 양민 학살을 하는 거지?

―아니, 진짜 서문엽한테 밉보인 거 있냐? 왜 우리랑 할 때만
계속 출전하겠다는 거야?

―근데 세긴 세다. 우리나라에 저런 선수가 있는 게 신기하
네.

―아니, 진짜 저런 초인을 배출한 우리나라인데 왜 이렇게 약
해졌지.

―서문엽 형님, 제발 자중 좀 해주세요. 우리한테 왜 그래
요ㅠㅠ

경기를 주의 깊게 본 것은 해외에서도 마찬가지였다.

지금까지 치열하게 올해의 선수상을 다퉜던 톱3 체제.

우후죽순 유망주들이 나타나지만 아직까지 톱3의 어린 시절처럼 압도적인 재능을 보이는 이는 없는 실정.

앞으로도 톱3 체제가 계속될 듯했는데, 서문엽의 출현으로 상황이 달라졌다.

서문엽은 기존의 톱3 체제를 위협할 강력한 경쟁자가 될 것이라 예측되고 있었다.

물론 아직까지는 한국에서만 경기력을 보여주었기 때문에 톱3에 해당될지는 찬반이 갈리는 상황.

전 세계가 서문엽을 존경하고 인정하지만, 배틀필드는 전쟁 시절과 다르다는 논리였다.

의외라고 할 것도 없었다.

서문엽이 백인이 아니었기에 인정하고 싶지 않은 북미·유럽권 팬들이 있는 것은 당연했다.

지저 전쟁 시절 서문엽의 활약도 다른 초인의 활약을 억누른 독재라는 말도 안 되는 논리를 펼치는 이가 있는 판에, 최고의 인기 스포츠인 배틀필드에서는 어떻겠는가?

장거리 투창이라는 어마어마한 플레이를 보여줬을 때도 순수하게 감탄하지 않고 폄하하는 무리는 꼭 있었다.

빅 리그에서는 통하지 않을 플레이다.

저런 창에 맞고 킬당할 선수가 빅 리그에는 없을뿐더러, 사냥감 스틸에 쓰기에도 오러 낭비가 더 심하다.

조라는 서포터 없이는 펼치지 못하는 플레이인데, 저 서포터는 빅 리그에서 뛸 수 없다.

전투에서 1인분을 못하는 클래식 서포터는 구시대적.

온갖 트집을 잡으며 배틀필드 약체 리그에서나 볼 수 있는 진풍경이라고 깎아내리는 것이었다.

그렇듯 찬반 논쟁이 일어나는 주된 이유는 바로 자료 부족.

서문엽을 분석하기에는 자료가 너무 없었던 것이다.

쌍성 스피리츠와의 경기는 1, 2세트 모두 서문엽이 단독으로 활약했기 때문에 무척 귀한 분석 자료가 되었다.

서문엽의 영입을 노리고 있는 내로라하는 명문 클럽들은 모두 그 경기 영상을 분석했다.

배틀필드를 사랑하는 유튜버들도 분석 영상을 우후죽순 개시하고 있으니 말 다한 셈이었다.

—방패 컨트롤이 대단하다. 모든 공격에 다 여유 있게 반응하고 있어.

—막을 건 막고 피할 건 피하고, 다수와 싸우는데도 굉장히 여유가 있는걸.

—계속 움직이면서 포위당하지 않도록 포지셔닝을 하고 있어. 그리고 창술 솜씨는 예술 그 자체다.

—생각보다 별거 아니지 않아? 나단 베르나흐보다 별로인 것 같은데. 그냥 상대 팀이 너무 못할 뿐이야.

└네 말은 근거가 부족하다.

└공격에 100% 쏟는 나단이 화려하지만, 서문엽이 공수 밸런스가 너무 좋아서 쉽게 싸우는 거야. 강팀이 약팀과 싸워도 올킬이 벌어진 사례는 많지 않다는 걸 알았으면 좋겠다.

—상대의 초능력에 대한 대처가 완벽하다는 걸 가장 높이 사고 싶어.

세계 네티즌들도 서문엽의 영상을 보며 전문가 흉내를 내고 있을 무렵이었다.

A매치 휴식 기간이 다가오고 있을 때였다.

대한민국 대표 팀은 의외의 나라로부터 A매치 제안을 받았다.

바로 영국이었다.

영국은 프랑스만큼은 아니지만 유럽의 강팀으로 평가받는 배틀필드 강국이었다.

영국 협회는 A매치를 제안하면서 서문엽의 출전을 조건으로 삼았다.

그 탓에……

"그래서 나더러 국가 대표를 하라고요?"

서문엽은 집까지 찾아온 박진태 협회장을 짜증스럽게 바라보았다.

"그게 조건이라는데 어떡하나?"

"뭘 어떡해. 안 하는 거지."

서문엽은 콧방귀를 뀌었다.

"영국 같은 강팀과 A매치를 할 기회가 그리 많지 않아서 하는 말이다."

"전에는 미국하고도 하더만."

"그건 운이 좋았지. 정말 생각 없어?"

"내가 얻는 게 뭐가 있다고 국가 대표 팀 경기를 뛰어요."

"자네도 나름 얻는 게 있기 때문에 제안을 하는 거지. 그게 아니면 굳이 이렇게 찾아왔을까?"

박진태 협회장이 그렇게 서문엽을 구슬리려고 말을 꺼내려던 찰나.

서문엽은 귀찮다는 듯이 휘휘 손짓했다.

"가요, 아저씨, 안 사요."

잡상인 취급이었다.

"끄응, 그럼 하나만 묻지. 유럽에서 널 가장 존경하는 나라가 어딜까?"

"러시아죠. 땅덩이 넓어서 골 아픈 던전도 참 많았거든요."

매우 어려운 편인 러시아어를 자연스럽게 습득할 정도로

서문엽은 그곳에서 오래 활약했다. 그만큼 러시아인의 인지도도 높아졌다.

"그럼 가장 싫어하는 나라는?"

"절 싫어하는 나라가 어디 있어요?"

서문엽은 뻔뻔스럽게 반문했다.

박진태 협회장은 순간 어이가 없어서 얼빠진 표정이 되었다.

"자네, 7영웅 뽑을 때 영국 초인은 안 뽑았었지."

"그럼 여섯 나라 빼고 다 날 싫어해야 되네요."

"프랑스 초인인 에릭 튀랑은 뽑았잖아."

"뭘 그렇게 따져요. 그냥 쓸 만한 애로 뽑은 거지. 그때도 그것 때문에 시끄러워서 짜증 났었는데."

그때 일이 생각났는지 서문엽의 표정에 짜증이 어렸다.

최후의 던전 공략 멤버를 뽑는 일은 세기의 이벤트였다.

2명이나 들어 있어서 자랑스러워 국뽕을 몇 사발씩 들이켠 대한민국 같은 나라가 있는가 하면, 왜 우리나라 초인은 뽑지 않느냐며 불만을 표출하는 나라도 많았다.

현재 베를린 블리츠 BC의 감독을 하고 있는 7영웅 멤버 엠레 카사는 터키의 국민 영웅이지만, 독일 국적도 갖고 있었기 때문에 터키와 독일 두 나라가 서로 자랑스럽다며 찬양 경쟁을 벌이기도 했다.

기자들이 워낙 집요하게 달려들어서 서문엽도 폭언을 참

많이 쏟았던 것으로 기억했다.

"그때 영국에도 잭 브란트라는 입지전적인 초인이 있었는데 기억나?"

"덩치 큰 탱커요. 발이 느려서 안 썼어요."

서문엽도 기억했다.

근력이나 지구력이나 오러양이나 끝내줬는데 민첩성과 속도가 별로라서 고민 끝에 안 썼다.

최후의 던전 같은 위험한 곳에서는 전면으로 충돌하기보다는 재빠르게 움직여야 했기 때문이었다.

스피드와 유연성을 중시 여기는 서문엽의 스타일이 전술에도 고스란히 녹아 있어서 잭 브란트는 7영웅에 뽑히지 않았다.

"잭 브란트는 영국에서는 국민 영웅이었는데 자네가 폄하하는 발언을 했어."

박진태 협회장의 말에 서문엽은 고개를 저었다.

"내가 언제요."

"영국의 타블로이드지 기자들이 워낙에 극성이라 자네가 쏘아붙였잖아. 그 덩치 큰 굼벵이는 안 뽑으니까 그만 물어보라고."

"…내가?"

서문엽은 전혀 기억 안 났다.

자신이 가해한 일은 잘 기억 못 하는 중증 질환!

"했어. 아무튼 그때 일로 영국인은 자존심이 많이 상했어. 심지어 라이벌로 생각하는 프랑스 초인은 7영웅에 뽑혔고."

"그거 때문에 아직도 삐쳐 있대요?"

"지금도 배틀필드는 영국보다 프랑스가 더 강하고, 리그도 영국 프리미어 리그보다 프랑스의 프르미에 리그를 더 높게 쳐주지. 그것 때문에 자존심 상한 게 자네에게 원망이 쏠린 것도 있지."

초인은 곧 국력.

때문에 초인들의 싸움인 배틀필드는 다른 스포츠보다 훨씬 더 각국 국민들의 자존심이 걸려 있었다.

축구만큼이나 배틀필드를 좋아하는 영국인들은 자신들이 프랑스 놈들보다 약하다는 게 용납이 안 됐다.

아무튼 그 원망도 다소 서문엽에게 쏠렸다.

서문엽은 평소에도 언행이 불량한 인간이었기에 더 얄밉게 보이기도 했고 말이다.

"아하, 그래서 걔들이 나를 꺾겠다고 A매치를 제안한 거예요?"

"정확히는 자네가 거품이고 빅 리그에서는 안 통한다는 것을 증명하고 싶어 하지."

"으음, 그렇게 말하니까 또 뚜드려 패주고 싶긴 하네."

어디 가서 누가 시비 걸면 안 빼는 서문엽이었다.

"그렇지? 한 번 보여줘야지?"

박진태 협회장의 초조해하던 안색이 펴졌다.

"으음, 근데 또 아저씨가 원하는 대로 따라주기도 싫고."

다시 안면이 구겨진 박진태 협회장.

그는 지쳤다는 듯이 부탁했다.

"이번 한 번뿐이야. 또 국가 대표 해달라고 조르지 않을 테니까. 게다가 양민 학살만 하고 강팀은 기피한다는 오명은 벗어야지?"

"그딴 소릴 하는 놈들도 있다고요?"

서문엽의 두 눈에 불꽃이 튀었다.

"주로 영국 애들이."

"그 요리도 못하는 새끼들이……."

서문엽이 이를 부득부득 갈기 시작했다.

슬슬 투쟁심이 들었는지, 서문엽은 쌍심지를 켜며 옆에 가만히 있던 백제호를 바라보았다.

"대신 이번 A매치 전술은 내 마음대로 짠다. 알겠냐?"

리더십 51, 전술 62짜리인 백제호에게 전술을 맡기지 않겠다는 확고한 의지였다.

"아, 알았다."

백제호는 무기력하게 승낙하는 수밖에 없었다. 최근 서문엽의 의견대로 해서 한국 대표 팀의 전력이 강화되었다. 때문에 서문엽의 말이 곧 법이었다.

     *   *   *

한국 배틀필드 국가 대표 팀의 클럽하우스에 서문엽이 백제호와 함께 입성했다.

트레이닝 룸에서 개별 훈련을 하고 있던 선수들이 다들 서문엽을 멍하니 쳐다보았다.

"진짜 왔다."

"이제부터 국가 대표 계속하는 건가?"

"이번 경기만 하는 거 아냐?"

선수들이 낮은 목소리로 수군거렸다.

"구단주님!"

YSM 소속인 최혁과 윤범이 다가왔다.

두 선수 모두 대표 팀에 합류한 것은 처음이었다.

그래도 최혁은 KB-1에서 쭉 활약해 왔던 탓에 다른 국가 대표 선수들과 친분이 있었지만, 윤범은 생판 신인이라 아직 적응을 못한 듯한 모습이었다.

'그도 그럴 만하지. 얘는 정말 초능력 말고는 아직 역부족이니까.'

서문엽은 증폭된 분석안으로 윤범을 살폈다.

―대상: 윤범(인간)

―근력 60/60

—민첩성 62/64

—속도 57/57

—지구력 62/62

—정신력 74/85

—기술 50/55

—오러 72/72

—리더십 20/20

—전술 45/45

—초능력: 그림자 걷기

가브리엘 감독 밑에서 체계적인 훈련을 받은 덕에 능력치가 거의 다 개발된 모습.

민첩성 2, 기술 5만 더 올리면 완전히 완성된다.

초능력 덕에 출전을 많이 했으므로 실전 경험도 쌓여 전술 능력까지 꽉 찬 상태.

하지만 초능력을 쓰지 않고 그냥 보면 KB—1에서도 하위에 속한 수준이다. 끽해야 KB—2의 주전 정도?

아마도 대표 팀에서는 수많은 국가 대표 선수들과 함께 훈련을 받으니, 그들과의 기량 차이 때문에 자신감도 많이 죽었을 터.

'그래도 여기까지 오고 참 잘 컸네.'

선수로서 성공할 자신이 없다고 공부나 하던 놈을 억지로 데려왔었다.

2년만 해보고 은퇴한다면 위로금 3억 원을 주겠다는 조건으로 말이다.

물론 얼마 전의 재계약을 통해 그 조건은 사라졌다.

그림자 속에 완전히 스며들어 모습을 감출 수 있는 그림자 걷기 초능력이 완전히 각성하면서 선수로서 계속 뛸 수 있는 자신감이 생긴 것이다.

'이제 다 키웠으니 얘는 팔아야겠다.'

한계가 뚜렷했다.

그림자 걷기만 갖고도 한국에서는 선수로 먹고살 수 있지만, 서문엽은 YSM을 세계적인 명문으로 키우고 싶었기 때문에 윤범을 계속 데려갈 수가 없었다.

성장이 정체되었다는 것이 밝혀지기 전에 팔아치워서 이적료를 챙기는 게 이득이었다.

"왜, 왜 그렇게 흐뭇하게 보세요?"

윤범이 떨떠름한 표정으로 물었다.

서문엽은 고개를 저었다.

"대학 가겠다고 징징대던 놈이 국가 대표도 되고 참 많이 컸다 싶어서."

잘 팔릴 것 같아서 흐뭇하다고 대꾸할 수는 없는 노릇이었다.

"에이 참, 언제 적 일을."

"이제 1년 됐어, 새꺄. 근데 너 여기서 다른 선수들하고 잘 어울리고 있냐?"

"네, 다들 안면은 텄는데……."

그런 것치고는 말투는 영 자신감이 없었다.

서문엽은 혀를 차고는 옆에 있는 최혁에게 핀잔했다.

"네가 잘 돌봐야지 뭐하냐?"

"저도 국가 대표는 처음인걸요. 탱커로 뛴 것도 얼마 안 돼서 저 적응하기도 바빠요."

"팀에서 했던 대로 똑같이 하면 되지 뭐. 너 같은 초보 탱커한테 그 이상의 다른 뭔가를 시킬 것 같아? 다른 애들이 다 너한테 맞춰줄 거야."

"구단주님이 감독인 것처럼 말씀하시네요."

그야 서문엽이 비선 실세였기 때문이었다.

"시끄러. 아무튼 넌 그냥 최전방에서 적한테 처맞으면 돼."

"…네."

덕담을 해준 뒤에 다른 선수들도 쭉 훑어보았다.

"심영수 이 새긴 어디 갔어?"

서문엽이 묻자 대표 팀의 주장 채우현이 일어나 답했다.

"휴게실에 있는 것 같은데 부를까요?"

그 말에 백제호가 고개를 끄덕였다.

"선수들 다 회의실로 오라고 해."

그렇게 회의실에 코치진과 선수들까지 전부 모였다.

휴게실에서 노닥거리던 심영수도 나타났고.

"삼촌."

대표 팀에 소집되어 귀국한 백하연도 서문엽의 옆자리에 앉았다.

"삼촌도 드디어 태극 마크를 다네."

"존만 한 놈들이 나한테 시비를 걸어서 말이다."

서문엽은 심드렁한 표정으로 말했다. 물론 그 대상은 영국 대표 팀이었다.

"히히, 영국이 삼촌을 싫어하긴 하지."

"그 누구더라, 덩치 큰 굼벵이."

"설마 잭 브란트 말하는 거야?"

"그래, 그 양반 7영웅에 안 뽑았다고 징징거리는 거 아냐."

"정확히는 삼촌이 잭 브란트 욕해서 그렇잖아."

"그 덕에 최후의 던전도 깼고, 인류도 구했으니 해피엔딩이지 무슨 살려줘도 불만들이 많아가지고는."

"걔네들이 국제 대회에서 프랑스를 이겨본 적이 없어서 더 그러는 거야. 프랑스에서 영국을 놀릴 때 가장 많이 언급하는 게 삼촌이 했던 발언이거든."

프랑스 국가 대표 팀은 세계 최강이었기 때문에 영국이 당해낼 수가 없었다. 그렇다고는 해도 지금까지 한 번도 못 이긴 것은 좀 심각했지만 말이다.

그렇게 양국 간에 경기가 있은 뒤에 프랑스의 팬들이 영국을 조롱하면서 하는 말이 '영국산 굼벵이'들이었다.

서문엽이 극성맞은 영국 언론에 짜증 나서 했던 말이 세월이 많이 흐른 지금까지도 계속 영향을 발휘하고 있는 셈이었다.

"영국 대표 팀을 흔히 기사와 마법사라고 표현한다."

백제호가 자료 화면을 보여주며 설명을 시작했다.

"어찌 보면 미국의 파워 게임처럼 빅맨 탱커들 위주의 육박전으로 경기를 풀어나가기 때문에 한 타 싸움에서 강력한 힘을 발휘한다."

그러면서 영국 대표 팀의 탱커들 프로필을 하나씩 보여준다.

"다 잭 브란트 같은 애들이네."

서문엽이 작은 목소리로 중얼거렸다.

하나같이 옛날에 발이 느려서 안 뽑았던 잭 브란트 같은 탱커들이었다.

영국산 굼벵이들이라고 조롱하는 것도 이 때문이었다.

하지만 방어력만큼은 단단한 그들이 바로 기사였다.

"클래식 탱커 위주의 미국의 경우는 느린 기동력을 보완하기 위해 빠른 근접 딜러들을 함께 쓴다. 그에 비해 영국은 원거리 딜러를 많이 투입하여서 보완한다. 이들이 바로 마법사다."

영국의 주요 전술이 나타났다.

4탱커, 2근접 딜러, 5원거리 딜러.

원거리 딜러가 무려 5명이나 되는 특이한 체제였다.

저 중 장궁을 사용하는 원거리 딜러 외에 4인은 하나같이 심영수처럼 범위 공격을 가진 초능력의 소유자들이었다.

그들 4인이 바로 마법사였다.

화력 하나는 막강할 수밖에 없는 조합이었다.

"그중에서도 바로 이 선수."

한 선수의 프로필이 나타났다.

붉은 머리칼의 젊은 사내, 이름은 로이 마이어라 표기되어 있었다.

서문엽은 눈을 빛냈다.

아이리시 위저드, 로이 마이어.

아일랜드가 자랑하는 선수로, 3가지 초능력으로 혼자서 경기의 양상을 뒤집을 수 있는 파괴력을 지닌 선수였다.

잉글랜드가 웨일즈, 스코틀랜드와 더불어 아일랜드와 통합 대표 팀을 구성하고 싶었던 가장 큰 이유.

바로 아일랜드의 로이 마이어를 대표 팀에 넣으면 월드컵 우승도 바라볼 수 있다고 생각해서였다.

무엇보다도 2017년, 2018년에 2연속으로 올해의 선수상을 받았다.

그랬다.

로이 마이어는 톱3라 불리는 세계 최고의 선수 중 하나였던 것이다.

"영국 대표 팀은 로이 마이어를 중심으로 돌아가는 팀이다. 탱커진도 딜러진도 모두 로이 마이어를 위해 움직인다."

로이 마이어의 경기 하이라이트 영상이 재생되었다.

첫 번째 초능력, 얼음벽.

로이 마이어의 두 손에서 얼음벽이 펼쳐져 던전의 한 지역을 두 개로 갈라놓았다.

적 팀의 선수 2인이 동료들과 고립되어서 먹잇감이 되어버렸다.

또 다른 영상에서는 영국 대표 팀이 한 타 싸움에서 지는 듯하자, 얼음벽을 쳐서 적의 추격을 차단하고는 아군을 도주시킴으로써 팀을 구했다.

그것만으로도 감탄이 나올 것 같았는데, 무서운 초능력이 또 있었다.

두 번째 초능력, 눈보라.

손에서 눈보라를 뿜어서 전방에 있는 일정 범위의 적을 모두 공격한다.

적과 아군을 가리지 않기 때문에 조심해서 써야 했지만, 범위를 조절해서 잘 컨트롤하는 모습이었다.

그리고 세 번째 초능력, 얼음 봉인.

"대상 하나를 20초간 얼음 속에 가둬놓는다. 얼음 속에 갇힌 사람은 20초가 지날 때까지는 탈출할 수 없지만, 외부의 물리적 타격도 받지 않는다. 20초가 지나기 전에는 로이 마이어 본인도 해제시킬 수 없다. 이 초능력도 유명하니 다들 많이 봤겠지?"

"예!"

서문엽도 간밤에 백제호와 전술 상의를 하면서 로이 마이어의 영상을 많이 봤다.

'초능력이 거의 사기 같은 새끼일세.'

얼음벽과 눈보라만 갖고 있어도 위협적이었다.

그런데 설상가상으로 얼음 봉인이라는 희대의 사기성 초능력까지 있었다.

"얼음 봉인은 한 타 싸움에서 상대 팀의 에이스를 봉인시키는 데 주로 쓰이며, 위기에 처한 아군을 구할 때도 종종 쓴다. 한마디로……."

백제호는 서문엽을 가리키며 말을 이었다.

"애를 20초간 봉인시켜 놓고 한 타 싸움을 연다 이 말이지."

선수들이 침을 꿀꺽 삼켰다.

서문엽이 20초간 얼음 속에 갇히면 그 순간 게임 끝이었다.

20초밖에 안 되지만, 전원이 동원된 한 타 싸움에서는 승부의 행방이 결정되기 충분한 시간이었다.

"봉인에 실패하면 그냥 물러나지만, 성공하면 바로 한 타 싸움이 펼쳐지는 거다. 한 타 싸움을 여는 키 플레이어인 셈이다. 그러니 경기 내내 로이 마이어를 특별히 주시할 필요가 있다."

"옛!"

서문엽은 마음에 안 든다는 듯이 로이 마이어의 영상을 바라보았다.

'아마 영국은 저 자식을 믿고서 날 A매치에 참여시켜 달라고 요구했겠지?'

잉글랜드, 웨일즈, 스코틀랜드, 아일랜드.

이 4국을 통합한 대표 팀이 출범한 것은 불과 3년도 안 된 일이라고 한다.

통합된 후에야 비로소 영국 대표 팀은 유럽의 강호로 불리기 시작했다.

그런 입장상, 한국 같은 약체에게 기껏 통합된 대표 팀이 패배하면 많은 비난을 감수해야 한다.

설사 서문엽이 있다 해도 한국한테 지냐고 말이다.

게다가 서문엽에게 지면 가뜩이나 그를 싫어하는 영국은 더 여론이 안 좋아진다.

그런 위험을 감수하고도 이번 이벤트를 벌였다는 것은 순전히 로이 마이어를 믿고 있기 때문이었다.

로이 마이어는 나단 베르나흐처럼 육박전을 펼치는 스타일이 아니기 때문에 일대일로 실력을 겨루는 일 같은 건 없다.

하지만 그래서 서문엽에게는 더 까다로운 상대였다.

'눈보라쯤이야 오러를 일으켜서 견딜 수 있어. 그런데 얼음 벽으로 날 고립시켜 놓고 다구리 칠 수도 있고, 얼음 봉인으

로 가둬놓을 수도 있는 건 좀 까다로운데.'

로이 마이어 입장에선 서문엽을 상대할 방법이 두 가지나 있는 셈이었다.

회의실에 모여 있는 한국 대표 팀 선수들의 면면을 훑어보니 한숨이 나온다.

로이 마이어로부터 자신을 보호해 줄 수 있는 선수는 한 명도 안 보였다.

객관적인 전력상으로는 영국 대표 팀을 이길 가망이 안 보였다.

하지만 그럼에도 극적으로 꺾는다면 기분이 몹시 좋을 것 같았다.

'어떻게 이겨볼까?'

서문엽은 열심히 머리를 굴렸다.

*   *   *

붉은 머리칼의 백인 미청년이 영상을 계속 보고 있었다.

이 25세 아일랜드 청년의 이름은 바로 로이 마이어.

아이리시 위저드라는 별명으로 통하는 입지전적인 선수였다.

불과 20세의 나이에 올해의 선수상을 차지했고, 이듬해인 21세에 또다시 차지해 명실상부한 톱3에 이름을 올린 청년.

그의 약점은 선수층이 빈약한 아일랜드 국가 대표 팀밖에 없다는 우스갯소리를 듣는 자.

그러나 영국 통합 대표 팀이 출범하면서 그 약점도 사라졌다.

로이 마이어는 3년 전의 자신과 같은 약점을 가진 사내의 경기 영상을 보고 있었다.

바로 지난번 쌍성 스피리츠와 싸운 서문엽의 경기였다.

서문엽의 플레이만 따로 편집된 하이라이트 영상이 아니었다. 그냥 경기 전체가 통으로 서문엽의 플레이였다.

경기 전체가 주요 장면인 경우는 참 오랜만이었다.

처음에는 외곽을 돌면서 상대하더니, 어느 순간 거침없이 11명의 적들 속으로 파고들었다.

홀로 11명의 적 한복판에 들어왔으니 제 발로 무덤을 판 것일까?

'아니다.'

로이 마이어는 감탄했다.

한 명의 적이 아군 속에 파고들면, 아군이 혼란에 빠진다.

자신의 공격이 같은 동료에게 피해를 줄 수도 있기 때문에 움츠러든다. 초능력도 종류에 따라 쓰기 어려워진다. 주변의 아군까지 휘말릴 수 있는 범위 공격형 초능력 말이다.

'같은 상황에 처하면 내 눈보라는 쓸 수가 없지.'

그러한 심리적인 상태를 아주 정확히 파고드는 서문엽.

물론 서문엽 자신도 사방에서 쏟아지는 공격을 감수해야 하지만, 그는 스스로의 방패 컨트롤에 자신 있어 했다.

실제로도 방패로 거의 한 방향의 공격을 모조리 막아내면서, 다른 방향은 창으로 찔러 공격한다.

포메이션을 무너뜨리며, 하나둘씩 사냥!

실력 차이라는 것이 피지컬, 테크닉, 오러만 뜻하는 게 아님을 똑똑히 보여준다.

'동작 하나하나가 전술적이야. 정말 멋지다.'

같은 상황에서 나단 베르나흐라면 어땠을까?

아마 분신으로 200%가 된 공격력을 퍼부었을 것이다.

그건 로이 마이어도 유럽 챔스에서 익히 겪어보았던 끔찍한 폭력이었다.

그에 비해 서문엽은 조화를 이루는 공격과 디펜스를 무기로 삼아, 기술적이고 정밀하게 적을 와해시키고 있었다.

어느 쪽이 더 대단한지 우열을 나눌 수는 없지만, 로이 마이어는 서문엽의 플레이가 더 마음에 들었다.

사실 이번 A매치는 서문엽을 보고 싶었던 로이 마이어의 입김이 강했다.

그는 잉글랜드의 탱커였던 잭 브란트가 서문엽에게 어떻게 모욕을 당했건 별 관심이 없었다. 때문에 반감도 없었다.

'우리 팀에 데려올 수는 없나? 마음에 쏙 드는데.'

원거리 딜러인 로이 마이어로서는 탱커를 더 좋아할 수밖에 없었다.

얼음벽, 눈보라, 얼음 봉인.

하나같이 전술 병기 수준의 위력을 자랑하는 초능력을 가진 로이 마이어는 큰 틀에서 팀 전술을 결정짓는 플레이 메이커였다. 반면 서문엽은 자신의 동작 하나하나까지도 전술성을 띠는, 작은 틀에서의 전술에 능하다.

자신이 판을 깔아주고, 서문엽이 그 판 위에서 활약해 준다면?

'환상적이야.'

로이 마이어는 현재 뉴욕 베어스 소속이었다.

뉴욕 베어스는 LA 워리어스와 함께 미국 최강을 다투며, 월드 챔스에서도 파리 뤼미에르 BC, 베를린 블리츠와 함께 세계 최강을 다투는 톱3 명문 중 하나였다.

'우리 클럽이 서문엽 영입을 위해 얼마를 준비했지?'

로이 마이어는 불만이 하나 있었다.

영국 통합 대표 팀도, 미국도 클래식 탱커 위주로 선 굵은 플레이를 추구한다는 것.

지능적인 플레이의 미학을 추구하는 로이 마이어는 어마어마한 거력을 가진 덩치들에게 열광하는 마초 판에 진저리가 났다.

서문엽처럼 똑똑하고 날렵한 탱커가 하나라도 있었으면 했다.

'LA 워리어스로부터 제럴드 워커를 빼오려고 우리 클럽이 대대적인 작업에 착수했을 때는 속이 터졌지.'

가뜩이나 섬세하지 못한 거구 마초들에게 질렸는데, 제럴드 워커까지 가세할 뻔했으니 열받아서 돌아가실 뻔했다.

'책을 읽으면 샌님이라고 비웃는 무식한 놈들!'

실은 럭비 선수였던 친형의 얘기였다.

로이 마이어는 어릴 적부터 형에게 괴롭힘을 많이 받았다. 압권은 눈 오는 날 눈싸움을 하자며 데미안을 읽던 로이를 끌고 나온 것.

눈싸움이란 건 보통 멀리서 눈덩이를 던지며 노는 거다.

근데 형은 성미에 안 차는지 껄껄 웃으며 큼직한 눈덩어리를 뭉쳐서 돌격해 왔다.

그걸로 크게 한 대 맞았을 때, 로이는 눈 속에 파묻혀 얼어 죽을 것 같은 기분에 휩싸였다.

그때 데미안의 구절이 떠올랐다.

새는 알에서 나오기 위해 투쟁한다는 명언 말이다.

아이리시 위저드가 탄생한 순간이었다.

가족들은 아직도 그가 동사(凍死)하지 않으려고 초인이 됐다는 사실에 깔깔거린다.

문제의 친형도 자신이 은인이라며 속 편한 소리를 해서 울화통 터지게 했다.

참고로 그의 형은 힘에서 동생에게 추월당하자 초인이 되겠다며 온갖 기행을 벌였지만 실패.

그러다가 체념한 지 오래였던 23세의 늦은 나이에 각성했다.

근력을 늘려주는 초능력까지 얻은 형은 군인이 되었고, 아직도 가족이 모이면 로이를 괴롭힌다.

차마 형에게 초능력을 쓰지는 못해서 현재도 여전히 고통받는 로이 마이어였다.

'안 되지. 마인드 컨트롤, 마인드 컨트롤. 중요한 때에 형 생각은 하지 말자.'

형 얼굴만 떠올려도 컨디션이 뚝뚝 떨어지니 주의해야 했다.

하지만.

위잉 윙!

핸드폰이 진동했다.

화면에 떠오른 발신자의 이름을 보고 로이 마이어는 평정이 깨졌다.

바로 형 로버트 마이어였다.

"로버트?"

─하하, 내 동생! 경기 준비는 잘되어가냐?

"형이 전화하기 전까지는."

─여전히 나약한 소리를 하는구나. 언제 한번 내가 강인한 군인 정신을 가르쳐 줘야겠다.

"…그때는 얼음 속에 갇힌 게 어떤 기분인지 알게 해주지."

─하하, 그거 기대되네.

"왜 전화했어?"

─기분이 좋아서. 이 형이 오늘 여자 셋을 천국에 보내 버렸거든! 크하하하!

부들부들.

로이 마이어는 손에 쥔 핸드폰을 부술 뻔했다. 또 콜걸을 불러 논 모양이었다.

"난 바쁘니까 시답잖은 일로 전화하지 마."

─오우, 오늘따라 왜 이렇게 까칠해? 상대가 서문이다 보니 나름 긴장했나 보네?

"A매치에 불과하지만 중요한 경기야."

─크, 서문이 강팀을 상대로 어떤 플레이를 보일지도 기대되네. 그러고 보면 서문도 나처럼 화끈한 사나이잖아?

"그가 형과 같다니 실례될 착각은 하지 마. 그는 5개 국어에 능통하고 난관을 지혜롭게 헤쳐 나가는 지적인 사람이야."

─술 좋아하고, 폭력 좋아하고, 완전 내 과던데? 얼마 전에도 양아치들을 두들겨 패줬잖아. 크, 기어서 나가라니 쿨했다고.

PC방 양아치 참교육 영상은 이미 자막까지 달려서 전 세계에 퍼져 나갔다.

"불의를 참지 못할 뿐이지. 외부에 보여지는 그의 폭력성은 대개 언론이 그를 괴롭혔기 때문이야. 지적인 사람을 망나니처럼 언론이 꾸미고 있다고."

―그래? 아무리 봐도 내 과던데. 아무튼 넌 서문을 굉장히 높게 평가하고 있구나. 그럼 힘내라. 부모님과 TV로 볼게.

"알았어. 끊어."

통화를 종료한 후, 로이 마이어는 투덜거렸다.

"스타는 미디어의 희생양일 수밖에 없지. 특히나 그처럼 불의를 참지 못하는 사람은 말이야. 학력도 낮으니 무식한 악동 프레임을 씌우기 좋았겠지. 실제로는 지적이고 예의 바른 사람일 거야. 꼭 만나고 싶다."

서문엽에게 너무 큰 기대를 하고 있는 로이 마이어였다.

*   *   *

〈서문엽 VS 로이 마이어 격돌〉

〈인류의 구원자 對 아이리시 위저드, 승자는?〉

〈내일 저녁 7시, 한국 대 영국 A매치〉

세기의 빅 매치가 이러할까?

대한민국에서만 이따금 감질나게 실력을 살짝 보여주던 서문엽이 마침내 세계 레벨의 강호 앞에 나타났다.

심지어 상대는 월드 클래스 톱3로 꼽히는 로이 마이어.

비록 로이 마이어가 무기를 들고 싸우는 스타일이 아니어서 우열을 제대로 가르는 대결은 성립되지 않지만, 어찌 됐건 톱3와 서문엽의 싸움이라 기대가 컸다.

이 빅 이벤트를 그냥 지나칠 수는 없었다.

한국 협회는 영국 통합 대표 팀의 감독과 로이 마이어, 그리고 한국 대표 팀 감독인 백제호와 서문엽 등 4인이 모여 기자회견을 하지 않겠냐고 제안했다.

영국 협회도 이를 받아들였다.

그리하여 4인이 모인 스포트라이트가 쏟아지는 기자회견이 열렸다.

양 팀 감독도 주목할 만했지만 역시나 가장 많이 사진이 찍히는 쪽은 나란히 앉은 서문엽과 로이 마이어였다.

로이 마이어는 통역사의 도움을 받아 기자들의 질문에 답했다.

서문엽은 통역이 필요 없었기에 외신 기자들을 혼자 잘 상대해 감탄을 불러일으켰다.

그러던 중 영국 기자 한 사람이 질문했다.

"잭 브란트 씨를 7영웅에 뽑지 않으면서 비하하는 발언을 하셨는데, 기억하십니까?"

올 게 왔다는 듯 서문엽은 고개를 끄덕였다.

"그 발언은 댁네 나라 타블로이드 언론 때문에 짜증 나서 홧김에 한 말입니다. 잭 브란트에게는 실력이 출중하지만 원하는 유형이 아니라 아쉽다고 말해줬던 기억이 납니다."

사실 알 만큼 아는 기자들은 고개를 끄덕였다.

잭 브란트 본인은 꽤 오래전부터 서문엽에게 유감이 없다고 누누이 말해왔었다.

"어디 신문이었는지 기억 안 나는데, 아무튼 이간질로 영국 시민을 선동한 악질 언론입니다. 잭 브란트는 훌륭한 탱커였습니다."

서문엽은 그렇게 그때 자신을 귀찮게 한 언론에 소소한 복수를 했다.

질문을 주고받은 뒤, 이번에는 서문엽과 로이 마이어가 서로에게 궁금한 질문을 하나씩 하기로 했다.

로이 마이어는 고민하다가 질문했다.

"생환했을 때 세상이 17년이 지나 있었는데 기분이 어땠는지 궁금하군요."

질문을 들은 서문엽은 바로 답했다.

"모든 게 낯설고 홀로 세상에 뒤처진 듯한 외로움을 느꼈습니다."

그렇게 말한 서문엽은 잠시 생각을 정리한 뒤 또 이어 말했다.

"하지만 아무리 새벽 빨리 길을 나서도 거리에는 어김없이 먼저 나온 사람들이 있습니다. 언제나 세상은 저보다 빠르죠. 그렇기에 따라잡기보다는 제 인생에 충실하고자 노력하고 있습니다."

스스로 생각해도 말 잘했다고 생각됐는지 몹시 만족해하는 서문엽.

그러나 옆에 있는 백제호는 대신 부끄러움을 느껴야 했다.

왜냐하면.

"저거 어디서 많이 들어본 말 아니냐?"

"완생 명대사잖아."

"아, 진짜 드라마 좋아하네."

기자들이 낮게 수군거렸다.

하지만 통역으로 말을 들은 로이 마이어는 눈을 감으며 의미를 곱씹었다.

'정말 지혜로운 말이다. 역시 품격 있고 지적인 사람이야.'

로이 마이어의 오해는 깊어져만 갔다.

이번에는 서문엽이 로이 마이어에게 질문할 차례.

서문엽은 빤히 로이를 보다가 입을 열었다.

"형제가 있나요?"

흠칫한 로이 마이어.

그러나 곧 태연히 말했다.

"형이 하나 있습니다."

서문엽의 눈매가 가늘어졌다.

"시비 거는 건 아니고, 보니까 제호처럼 은근 괴롭히기 좋은 타입 같은데. 혹시 형한테 괴롭힘당하다가 각성했나?"

그 농담에 기자들이 웃었다.

하지만 로이 마이어는 동공이 흔들렸다.

'어떻게?'

형 얘기를 남에게 언급한 적이 거의 없었다. 입에도 담기 싫었으니까.

"아무리 봐도 내 과던데."

형의 말이 떠오르면서 머릿속에 경종이 울리기 시작했다.

제4장

격돌

"쓸데없는 소릴 왜 해?"

기자회견이 끝나고 백제호가 투덜거렸다.

"그냥. 밖에서 맞고 다녔을 것 같진 않은데 묘하게 괴롭히면 찰질 것 같은 인상이잖아. 그럼 답은 친구나 형제지."

그래서 괴롭히는 형제가 있었냐고 찍었다. 이런 방면에서는 귀신같은 서문엽의 감이었다.

"그런 인상도 있냐?"

"두고두고 놀려먹기 좋지."

"…나처럼 말이냐."

"그럼."

"언젠간 널 잡고 절벽에서 뛰어내린 뒤 나만 순간 이동으로 빠져나갈 거다."

"그것도 재미있겠네. 난 불사신이거든."

그렇게 시시덕거리며 걸었지만, 사실 서문엽은 마음이 그리 편하지 않았다.

증폭된 분석안으로 로이 마이어의 능력치를 봤기 때문이다.

―대상: 로이 마이어(인간)

―근력 64/64

―민첩성 88/88

―속도 71/71

―지구력 69/69

―정신력 90/90

―기술 62/62

―오러 96/96

―리더십 86/86

―전술 92/98

―초능력: 얼음벽, 눈보라, 얼음 봉인

―얼음벽: 높이 7m, 길이 30m의 얼음벽을 만들어 30초간 유지시킨다.

―눈보라: 냉기를 담은 눈보라를 전방에 뿌린다.

—얼음 봉인: 지정 타깃을 20초간 얼음 속에 봉인시킨다.

숫자만 보면 그리 대단찮다 싶을지도 모른다.

근력, 속도, 지구력, 기술은 평범한 KB—1 선수 수준이니까.

하지만 그는 원거리 딜러였다.

하나만 있어도 대접받을 만한 초능력을 3가지나 지녔다.

그럼에도 불구하고 민첩성이 무려 88.

재빨리 상황을 파악하고 초능력을 펼치는 순발력을 지녔다는 뜻이다.

또한 육박전에서도 웬만한 공격은 쉽게 피하는 반응 속도를 가진 것이기도 하다.

가장 중요한 오러는 96. 초능력의 위력은 보장된 셈이었다.

그리고……

'이런 앞날 창창한 시부랄 놈을 봤나.'

리더십 86, 전술 92/98.

나중에 감독을 해도 정상에 오를 수 있는 재능이었다.

아니.

지금도 이미 일류 감독 수준이었다.

그게 무슨 문제냐고?

'저런 전술성 초능력을 가진 녀석이 전술적 역량까지 92/98이라니. 괴물이잖아.'

얼음벽만 따져보자.

전장을 반으로 뚝 잘라 나눠 버리는 효능을 지닌 초능력.

얼음벽이 펼쳐지면 적과 아군이 양분된다.

이는 잘못 사용하면 도리어 아군이 불리한 구도가 되어버리는 것이다.

즉 얼음벽을 시전하는 로이 마이어의 판단력이 중요하다는 것인데, 전술 92/98이면 얼음벽을 120% 활용한다는 뜻이었다.

90에 달하는 정신력까지 지녔으니 위급한 상황에도 냉정을 유지하므로, 오판을 거의 안 한다.

이는 얼음 봉인도 마찬가지고, 눈보라도 마찬가지였다.

어째서 세계 최고를 다투는 톱3에 들었는지 알게 해주는 능력치였다.

"마이어 얘를 어떻게 상대해야 하나."

서문엽이 투덜거리자 백제호가 의아한 표정으로 물었다.

"상의된 얘기잖아? 네가 길을 열면 하연이를 비롯한 근접 딜러진을 침투시켜서 킬 따는 걸로."

로이 마이어를 비롯한 영국 통합 대표 팀의 원거리 딜러들은 탱커들이 성채처럼 둘러싸 지키고 있었다.

엄청난 힘을 가진 클래식 탱커는 전술적인 유동성이 부족해도 누군가를 지킨다는 기본 명제는 매우 충실하다.

전술적 유동성은 로이 마이어가 만들어주면 된다.

미국의 파워 게임에 비해 한참 부족하다고 평가됐던 잉글랜드의 빅맨 전술은 영국 통합 대표 팀을 꾸려서 로이 마이어를 합류시키자마자 단점이 보완되었다.

아일랜드 대표 팀에서 혼자 눈물겨운 원맨쇼를 펼쳐야 했던 로이 마이어는 믿을 만한 동료를 얻었고 말이다.

덕분에 유럽에서 약체로 평가돼 체면을 구겼던 영국은 단숨에 강호로 우뚝 섰다.

아무튼 로이 마이어를 보호해야 한다는 임무를 영국의 탱커진은 매우 충실히 지키고 있었다.

그러한 탱커진을 뚫고서 침투로를 여는 역할을 서문엽이 맡기로 했던 것이다.

하지만 서문엽은 생각이 바뀌었다.

"안 통할 것 같아."

"왜?"

"영상을 다시 보니 로이 마이어는 적이 접근해 공격을 퍼붓는데도 당황하지 않을 거야."

"음……."

"이미 그 같은 상황을 수없이 맞닥뜨렸던 놈일 테고."

민첩성 88과 정신력 90은 육박전도 수없이 겪으면서 달성한 능력치일 것이다.

"음, 그야 그렇지. 안 그랬으면 진작 나단 베르나흐에게 무참히 썰려 톱3에서 배제됐을 테니까. 그런데 다른 방법이 없잖아?"

그 말에 서문엽은 눈을 빛냈다.

"없진 않아."

"생각해 놓은 게 있어?"

"어."

전술 100의 서문엽은 나름대로의 해법을 찾아냈다.

로이 마이어를 직접 만나봐서 능력치를 확인한 지 얼마 되지 않아서의 일이었다.

언제나 미지의 던전에서 임기응변으로 위기를 헤쳐 나갔던 서문엽의 빠른 두뇌 회전이었다.

시뮬레이션 훈련실에 대표 팀 선수들이 모두 집결했다.

접속 모듈만 22대가 배치된 어마어마한 훈련 시설로, 대형 스크린도 3대가 세 방향으로 설치되어 있어 나름대로 협회가 공들였음을 느끼게 해주었다.

분석 프로그램을 가동하는 외국인 코치들도 있었다.

다 모인 자리에서 백제호가 선수들에게 통보했다.

"출전 명단에 변동이 생겼다. 갑작스럽지만 어차피 이번 경기는 다양한 전술을 실험해 볼 좋은 기회니 양해 바란다."

선수들은 대체로 불만 없이 잠자코 동의하는 편이었다.

'생각보다 대표 팀을 잘 장악하고 있네.'

서문엽은 의외라고 생각했다.

하지만 그럴 수밖에 없는 것이, 지금껏 죽을 쑨 대표 팀 선수들이 국민 영웅인 백제호에게 대립각을 세울 수는 없는 노룻이었다.

거기에 절친한 친구이자 엄청난 인성의 소유자인 서문엽이 같이 있었고 말이다.

백제호가 말했다.

"심영수를 제외하고 최만식이 들어간다."

"네? 네!"

호명된 최만식이 당황하다가 냉큼 대답했다.

영국을 상대로 좋은 모습을 보여 유럽 쪽에 좋은 인상을 심어주려 했던 심영수는 날벼락 맞은 표정.

다른 선수들도 깜짝 놀랐다.

심영수는 당연히 대표 팀의 화력을 담당하는 원거리 딜러.

그리고 최만식은 탱커였던 것이다.

"저기 감독님, 지금 5탱커인데요?"

주장 채우현이 선수 대표로 의문을 표했다.

애당초 본래 포메이션은 4탱커 체제였다.

세계 트렌드는 3탱커이고, 대표적인 팀이 바로 영국을 매번 떡실신시켜 버리는 프랑스 대표 팀이다.

하지만 그것은 3탱커로도 충분한 수준의 방어력을 유지할 수 있을 때의 이야기였다.

실력 차이가 나는 대한민국이 영국 통합 대표 팀을 상대로 3탱커 체제를 했다가는 처참한 꼴을 당한다. 그리고 3탱커 체제의 핵심인 빠른 템포와 전술적 유연함도 한국의 선수들이 소화 못 한다.

그러므로 범위 공격형 원거리 딜러들이 많은 영국의 화력을 견디기 위해 서문엽을 위시하여서 탱커를 4명 두기로 한 것이다.

서문엽과 함께 강인한 근력과 맷집을 가진 최혁이 어떻게든 버틴다는 게 개요였다.

그런데 거기다가 탱커를 하나 더 추가시켰다.

하나 더 추가해 5탱!

이런 갑작스러운 선택은 백제호답지 않았다. 늘 안정적인 선택만 하던 백제호였으니 말이다.

"자세한 설명은 이 친구가 할 거다."

백제호는 서문엽을 가리켰다.

그제야 선수들은 납득했다.

'그럼 그렇지.'

'서문엽이구나.'

'역시 비선 실세.'

배턴을 이어받은 서문엽이 나서서 입을 열었다.

"이 전략의 주요 목적은 한 타 싸움에서의 승리다. 탱커가 많으니 사냥은 그만큼 느려질 테고, 따라서 일찍 한 타 싸움을 열어서 승부를 봐야 한다. 다행히 영국 애들도 우리가 우스워 보일 테니 질질 끌지 않고 적극적으로 나올 테지."

선수들은 고개를 끄덕였다. 여기까지는 이해할 수 있는 전제였다.

"저쪽은 어마어마한 화력을 지니고 있어서 이쪽도 심영수가 폭발 구체를 써봐야 티도 안 나는 수준이다. 그래서 심영수는 배제. 대신 탱커를 더 늘렸다."

"공격이 부족하지 않습니까?"

채우현이 질문했다.

서문엽이 말했다.

"안 부족해. 엄밀히 말해서 이건 5탱이 아냐."

"예?"

"아, 말 나온 김에 채우현, 네가 최전방에 선다. 늘 하던 역할이니 할 수 있지?"

"혁이와 역할을 바꿉니까?"

채우현은 최혁을 가리키며 물었다.

서문엽은 고개를 끄덕였다.

"아, 그리고 한 타 싸움이 열리고 내가 신호하면, 적 탱커들한테 네 초능력 걸어버려."

채우현은 둔화라는 초능력을 가지고 있었는데, 이게 꽤 까다로웠다.

─둔화(초능력): 반경 10m 내의 타깃 10명의 움직임을 30% 둔화시킨다. 본인도 움직일 수 없으며, 본인보다 오러양이 적은 타깃에게만 적용된다.

상대의 움직임을 둔화시키는데, 대신 자신도 못 움직인다.

심지어 상대가 자신보다 오러양이 적어야 한다.

채우현의 오러는 82/83.

많이 노력했는지 처음 봤을 때의 80보다는 상승한 수치였다.

"알겠습니다."

"그럼 제가 서브 탱커인가요?"

최혁은 불안한 표정을 지었다.

오랫동안 근접 딜러였다가 최근에서야 탱커로 변경했다.

짧은 시간 동안 했던 역할은 오직 최전방 탱커.

그런데 갑자기 역할이 바뀌니 불안한 것이었다.

"바로 이게 핵심인데 말이야."

서문엽은 씨익 웃으며 말을 이었다.

"넌 나랑 같이 딜러야. 방패를 든 딜러."

5탱커가 아니라는 말의 의미가 비로소 밝혀졌다.

"영국의 클래식 탱커 4인은 쉽게 길을 열어주지 않을 거다. 비집고 들어가려 하면 바로 응징하겠지. 그러니 내가 길을 열고 백하연이 들어간다는 전제는 승산이 낮아."

서문엽은 화이트보드에 선수 이름이 쓰인 자석을 붙이며 설명을 이었다.

"그러니 최혁이 가장 먼저 치고 들어가 길을 연다. 반격이 들어올 테지만 어떻게든 조금이라도 더 오래 버텨."

"아, 예!"

그 일은 내구력 강화가 있는 탱커인 최혁이 적임이었다.

"그다음이 백하연."

"넹!"

"치고 들어가서 채찍이랑 순간 이동으로 교란시키면서 길을 더 연다. 네 목적은 킬이 아니라 혼란이야."

"알았어."

"상황이 거기까지 갔을 때!"

서문엽은 자신의 이름이 적힌 자석을 적진 한복판에 집어넣어 로이 마이어의 자석 앞에 놓았다.

"우리 팀 최강의 딜러인 내가 끝을 본다."

혼란을 유도했지만 여전히 위험한 적 한복판.

바로 탱커의 방어력과 근접 딜러의 스피드와 원거리 딜러의 공격 범위를 가진 서문엽이 들어간다.

"로이 마이어 모가지 따고 적의 포메이션이 무너지면, 설령 이 시점에서 우리가 수적으로 불리해도 이길 수 있어. 내가 킬을 싹 쓸어 담을 테니까. 그러니 호명되지 않은 나머지는 전부 공격보다는 생존에 더 신경 쓰도록."

탱커를 딜러처럼 사용해 극단적인 돌파력으로 적 포메이션을 무너뜨리는 전술.

후일 주류 전술 중 하나가 되는, 이른바 '가짜 탱커' 전략이 서문엽에 의해 탄생한 순간이었다.

회의가 끝나자 바로 연습 게임이 이루어졌다.

대표 팀의 후보 탱커들은 물론이고, 가까운 클럽에서 탱커를 더 섭외해 가상의 영국 팀을 만들어놓고 가짜 탱커 전술을 연습했다.

실력 차이를 감안하여 상대 팀에 무려 7탱커를 꽂아넣었지만, 서문엽의 차례가 오기 전에 최혁과 백하연에 의해 포메이션이 붕괴되었다.

탱커인데 딜러처럼 움직일 줄 아는 최혁의 순간 돌파가 생각보다 매서웠다.

"이, 이거 생각보다 효과가 좋은데?"

백제호의 표정이 밝아졌다.

가짜 탱커 전술의 진가가 바로 나타나고 있었던 것이다.

연습경기 영상을 돌려보고 있던 서문엽은 우쭐해졌다.

"좋긴 하지. 이 몸이 번뜩이는 아이디어로 만든 전술인데."

"이러면 승산이 있잖아."

"이렇게까지 해도, 한 세트라도 따내면 다행인 것 같다."

서문엽은 푸념했다.

이기고 싶긴 하지만, 현실적으로 두 사람이 정한 목표는 애당초 2—1 패배.

유럽 강호인 영국에게 한 세트라도 따내서 좋은 경기를 펼쳤다는 것을 대한민국 국민에게 보여주자는 것이었다.

"야, 전에 미국한테 2—0으로 졌는데도 잘 싸웠다고 격려들은 거 기억 안 나냐? 로이 마이어가 있는 영국한테 한 세트 따내는 게 얼마나 대단한 일인지 아냐?"

서문엽은 졌지만 잘 싸웠다는 말이 싫었기 때문에 연신 투덜거렸다.

"이걸로 한 세트는 따고, 다음은 내가 어떻게든 해봐야겠다."

*   *   *

A매치 당일.

"대한민국!"

"오 필승 코리아!"

경기장은 시작 전부터 응원 소리가 쩌렁쩌렁하게 울려 퍼졌다.

대한민국 국가 대표 팀이 이렇게까지 기대를 받은 일은 드물었다.

상대는 무려 영국.

전 세계 10위권 안에 들어가는 강팀이었다.

그럼에도 전 국민이 이번만큼은 다르다며 기대 중이었다.

그 이유는 바로.

"와아아아아!!"

"와아아!!"

"서문엽! 서문엽!"

선수들이 등장하자 쩌렁쩌렁한 환호성이 들렸다.

기대를 한 몸에 받는 서문엽의 등장이었다.

일렬로 함께 걸어 나오고 있는 양 팀 선수들.

"진짜 로이 마이어다."

"존나 잘생겼네."

"사인 받고 싶다."

"배틀필드는 왜 유니폼 바꿔 입는 문화가 없냐?"

"배틀슈트는 존나 비싸잖아."

"있어도 너랑 바꿔주겠냐?"

한국 선수들은 로이 마이어를 흘깃흘깃 쳐다보며 수군거렸
다.

월드 스타를 본 촌놈들 같아서 서문엽은 심기가 언짢았다.

하지만.

"진짜 서문엽이다. 사인해 달래야지."

"인마, 서문에게 사인 받는 모습 들키면 국민들 난리 난다."

"헹, 우리 스코틀랜드는 서문을 좋아하거든?"

"내 방패와 교환하자고 해야지."

"저 방패, 최후의 던전에 들고 갔던 거잖아?"

"헉, 그런가?"

"차라리 국보를 달래라."

영국 선수들도 서문엽을 쳐다보며 신기해하는 것은 마찬가지였다.

저쪽도 촌놈 같기는 마찬가지였다.

하지만 같은 촌놈이라도 급이 달랐다.

'쟤들은 능력치가 살벌하네.'

모든 능력치의 평균이 80대 초중반가량이었다.

빅 리그에서 활약하는 선수들을 다 모아놓았으니 당연했다.

선수들을 쭉 훑어보다가 로이 마이어와 눈이 마주쳤다.

로이 마이어는 살짝 미소 지으며 고개를 끄덕여 보인다.

서문엽은 로이 마이어가 들고 있는 기다란 지팡이에 주목했다.

마치 마법사의 지팡이처럼 생긴 그것이 로이 마이어의 무기였다.

아이리시 위저드라는 별명에 걸맞게 무기를 디자인한 것 같은데, 겉보기에는 그냥 폼으로 들고 다니는 장식처럼 보였다.

하지만 영상을 봤던 서문엽은 저게 진짜 무기임을 알고 있었다.

금색으로 도금되었으며 포효하는 사자의 형상이 앞대가리에 장식된 지팡이.

평상시에는 그냥 폼으로 들고 다니며 초능력만으로 싸우지만, 육박전 상황이 오면 저 지팡이를 쓴다.

5개의 기다란 칼날이 튀어나오며 창이 되는 것이다.

근력이 64밖에 안 되니 방패는 써봤자 역효과만 난다.

대신 창으로 변신한 지팡이로 견제와 방어를 펼친다.

기술이 62에 불과하니 창술이 특별한 것은 없지만, 적을 견제하고 시간을 끌며 아군의 도움을 기다리는 데는 충분할 정도로 숙련됐다.

기초 수준이지만 88의 민첩성으로 펼치면 마냥 무시할 수는 없어진다.

하지만 그것은 어디까지나 상대가 다른 한국 선수였을 때의 이야기.

서문엽에게는 별것 아니었다.

'저깟 창술, 나한텐 문제가 안 돼. 가까이 접근만 하면 바로 모가지 딴다.'

그때 로이 마이어가 영어로 말을 건네왔다.

"내 무기에 관심 있어요?"

"어."

"그럼 경기 끝나고 당신의 창과 교환할까요?"

"그래, 좋아."

서문엽도 쾌히 고개를 끄덕였다.

서문엽의 창은 모로 공방에서 제작한 값비싼 무기였다.

하지만 그건 로이 마이어도 마찬가지이므로 부담 없이 교환을 제안한 것이었다.

단순 표준 장비를 쓰는 선수들은 제안하지 못하는, 스타급 선수들만의 전유물이었다.

―자, 드디어 전 세계가 주목하고 있는 대한민국 대 영국의 A매치가 시작됩니다.

―서문엽 선수가 드디어 국가 대표 팀에 합류했죠.

―앞으로도 계속 대표 팀에 남아 있을지, 아니면 이번 경기만 특별히 영국 측의 요청에 의해 출전한 것인지는 확실하지 않지만요.

―어쨌든 전례가 생겼다는 것이 기쁜 일 아닙니까? 한 번 출전했는데, 두 번, 세 번도 출전 못 할 게 뭐가 있겠습니까?

―그렇습니다! 서문엽 선수와 경기를 하고 싶어 하는 국가들이 한둘도 아니고요. 전례가 생겼으니 앞으로도 A매치를 제안하면서 서문엽 선수를 줄기차게 요청하겠죠!

―서문엽 선수 하나로 대한민국 팀의 대접이 달라지네요. 전에 프랑스와 A매치 잡을 때도 참 힘들었다고 하던데 말이죠.

―하지만 아무리 서문엽 선수라도 혼자서 대한민국 대표 팀을 강팀으로 만들 수는 없는 노릇입니다. 우리 선수들이 분발해야 해요!

―지금까지 연패의 수렁에 빠져 있는 우리나라 대표 팀인데요, 또다시 강팀인 영국과 A매치를 치르는 결정은 좋다고

봅니다. 철은 두들길수록 단단해지는 법입니다.

"그건 재질이 철일 때의 얘기지."

"우리나라는 유리나 플라스틱이야. 맞으면 깨져."

"기껏 서문엽도 출전하는데 좀 경기다운 경기나 됐으면 좋겠다."

관중들 중 일부가 중계진의 말을 듣고 투덜거렸다.

전 국민이 서문엽이 출전한다니까 이길 수 있다며 기대 만발이다.

언론도 아주 신이 나셨는지 승산이 있다며 호들갑에 부추기는 상황.

하지만 평소에도 프로리그 경기를 즐겨 보며 배틀필드에 대한 상식이 풍부한 진짜 팬들은 실상을 잘 알았다.

북미나 유럽 등의 선진 리그에 진출한 선수라고는 백하연밖에 없는 상황.

그게 한국 배틀필드의 수준을 말해주는 실상이었다.

"그나마 백하연이 있으니까 받쳐주는 사람이 한 명은 있는 건데."

"괜히 서문엽이 체면 구기는 거 아닌가 모르겠네."

배틀필드 팬들은 서문엽이 고생하는 게 아닌가 걱정이 태산이었다.

―그런데 가만 보니 우리나라 선수 구성이 특이하죠?

―예? 어떤 부분 말씀이십니까?

―탱커가 다섯 명인데요.

―아! 그리고 보니 그러네요! 최혁 선수가 아직 근접 딜러인 줄 알고 착각했습니다. 탱커가 총 5인 맞습니다! 5탱커를 시도하나요?

―영국 팀의 강력한 화력에 맞서 탱커를 더 늘리겠다는 발상일까요?

―너무 단순한 발상이 아닐까요? 약팀이 강팀 앞에서 방어적이게 되는 건 어쩔 수 없지만, 이건 축구가 아니라 배틀필드거든요.

백제호 감독이 갑자기 꺼내 든 실험적인 전술에 중계진은 우려를 표했다.

지금껏 시도해 본 적 없는 전술이었으니까.

물론 5탱커를 시도한 전례가 몇 번 있지만 결과가 좋지 않았다.

선수들은 서로 악수를 한 뒤, 각자의 더그아웃 쪽으로 돌아갔다.

이윽고 더그아웃 쪽의 접속 모듈에 들어가면서 경기가 시작됐다.

대한민국 대 영국 A매치.

1세트, 망자의 미궁.

네모난 방과 계단들이 얼키설키 복잡하게 이어진 미궁.

미궁을 헤매다 보면 아래로 내려가게 되는 구조였지만, 중력을 조작해 올라가는 계단인지 내려가는 계단인지도 헷갈리게 해놓았다.

예전에 서문엽이 자선 경기를 치르면서 처음으로 올킬을 펼쳤던 바로 그 던전이었다.

—1세트 던전은 좋습니다!

—서문엽 선수가 여기서 대한민국 최초로 올킬에 성공했죠.

—그 이후로도 공식전에서 여러 번 올킬을 했지만, 가장 큰 충격을 준 첫 올킬은 바로 여기였습니다.

—서문엽 선수는 이 던전 지리를 아주 잘 알고 있고, 주로 출현하는 언데드 계열 괴물들도 서문엽 선수가 아주 잘 사냥합니다.

한국 팀은 바로 사냥을 개시했다.

특히나 서문엽은 아래쪽 계단을 향해 훌쩍 뛰어내려서 단독으로 움직이기 시작했다.

혼자서도 스켈레톤들을 쓸어 담듯이 사냥했기 때문에 단독 사냥이 더 효율적이었던 것이다.

―아, 홀로 견제를 하러 떠나나 했는데요, 이번에는 그렇게 하지 않네요.

―상대가 상대니까요. 서문엽 선수도 이번엔 신중할 수밖에 없어요.

한국 팀은 사냥을 하면서 꾸준히 전진했다.

그들이 향하는 방향은 아래쪽이 아니라, 영국 팀이 있는 쪽이었다.

한국 팀이 계속 사냥하며 나아가는 방향을 보며 중계진은 깜짝 놀랐다.

―지금 우리나라 선수들이 영국 팀을 향해 접근하고 있죠?

―예, 차분히 사냥을 하고 있지만, 명백히 영국 팀 쪽으로 다가갑니다. 이거 초반에 한 타 싸움을 열겠다는 뜻인가 본데요!

―아, 탱커가 5명이나 되니 사냥 속도는 더 느리죠. 그러니 시간 끌수록 불리해질 수밖에 없는 겁니다. 당연히 초반에 승부를 보는 의도일 수밖에 없는 선수 구성이었어요.

―로이, 저쪽에서 서서히 이리로 접근하고 있는데? 일찌감치 붙어보자는 것 같아.

정찰을 나갔던 선수가 보고해 왔다.

로이 마이어는 바로 판단을 내렸다.

"저쪽은 탱커가 5인이야. 승부를 오래 끌 생각이 처음부터 없었어. 압박이 아니라 정말 전투를 벌이겠다는 거야."

─그럼 우리도 일찍 끝내고 쉴 수 있어서 좋은데.

─끝나고 클럽 가자. SNS에서 한국 팬에게 끝내주는 곳을 추천받았어.

영국 선수들은 농담을 주고받으며 대수롭지 않게 생각했다.

로이 마이어가 말했다.

"복잡한 지형에서 산발적으로 교전이 벌어지면 변수가 생기게 돼. 지하 25층 플로어로 끌어들여."

지하 25층은 중간 보스 몹이 있는 넓은 공터였다.

약팀을 상대로 굳이 게릴라전술이 가능한 지형에서 싸워줄 필요는 없었다.

그저 약팀이라면 그래도 능히 이길 수 있지만, 서문엽이 있는 약팀이었다.

수많은 변수가 발생하는 복잡한 전투 속에서 서문엽이 어떤 위협을 가할지 장담할 수 없었다.

─오케이.

영국 팀은 빠른 속도로 지하 25층으로 향했다.

넓은 공터에서 변수 없이 제대로 붙어보겠다는 마인드였다.

혹여 한국 팀이 덤비지 않고 물러난다 해도 상관없었다.

그럼 25층의 중간 보스 몹을 사냥하고서 계속 내려가면 되니까.

앞서가며 사냥 포인트를 많이 주는 보스 몹을 독점하면 한국 팀은 더더욱 불리해진다.

"월터, 케인, 잭. 한국이 25층에 가기 전에 전투를 벌이려고 서둘러 달려올 수도 있어."

—매복했다가 기습하라는 거지? 오케이.

—한두 번 해보는 게 아니지.

로이 마이어의 오더에 따라 세 선수가 움직였다.

지형을 활용한 게릴라가 전부라면, 한국은 지하 25층 공터에서 싸우기 싫을 터.

'그럼 서두를 수밖에 없고, 조급해질수록 독이 된다.'

로이 마이어는 치밀하게 생각하며 팀을 이끌고 있었다.

하지만 예상과 달리 한국은 서두르지 않았다. 좋다고 말하듯 25층으로 향했다.

—정말 제대로 한판 붙겠다는 건가?

—손님맞이가 너무 친절한 거 아냐?

영국 선수들은 의아함을 느꼈다.

한국이 제대로 된 한 타 싸움을 치르고 싶다고 의지를 표명하니 말이다.

"5탱커 전술의 효과를 전투를 통해 확인하고 싶나 본데. 그

럼 어디 응해주지. 5탱커를 시도하다가 망한 이유를 가르쳐
줘야지."

—좋아!

양측은 지하 25층의 공터로 집결했다.

잠겨 있는 비밀 방에 중간 보스 몹이 봉인되어 있는데, 그
곳을 통과하면 더 아래층으로 내려가는 길이 열린다.

하지만 양 팀은 그럴 필요 없이, 이 공터에서 자웅을 겨룰
생각이었다.

"펼쳐!"

영국 팀이 좌우로 포메이션을 펼쳤다.

한국도 서문엽이 뭐라고 한국말로 외치니 선수들이 좌우로
펼쳐졌다.

'탱커 셋이 선두에 있고, 서문엽을 포함한 탱커 둘은 뒤에서
예비로 대기하는군.'

5탱커가 전부 선두에 서서 밀어붙일 줄 알았는데 의외의 포
메이션이었다.

하지만 별로 겁이 안 났다.

'이제 게임은 끝이다.'

"공격!"

영국의 원거리 딜러들이 각자 초능력을 준비했다.

로이는 언제든 얼음벽과 얼음 봉인을 펼칠 절호의 타이밍만
엿봤다.

한국 선수들이 달려들었다.

                    *   *   *

한국 측이 영국 팀을 향해 달려들었다.

로이 마이어는 생각했다.

'한국의 기량으로 우리 탱커진의 철벽을 뚫는 방법은 두 가지가 있다. 서문엽이 직접 뚫거나, 뚫지 않고 건너뛰거나.'

몸집이 크고 힘도 센 영국 대표 팀의 탱커들을 뚫을 재주가 있는 사람은 한국에서는 서문엽뿐이었다.

순간 이동을 쓰며 긴 채찍을 자유자재로 쓰는 백하연도 주의해야 했다.

'답은 하나다. 서문엽이 뚫고 백하연이 침투할 테지.'

로이 마이어는 서문엽이 본래 준비했던 전술을 완전히 파악했다.

'하지만 내가 백하연의 공격 정도에 당황할 거라고 생각한다면 오산이야.'

로이 마이어는 자신이 근접전에 약할 거라고 생각하는 적을 수없이 만나봤다.

하지만 그는 웬만한 공격은 손쉽게 피해낼 민첩성을 지녔다.

'어디 해보시지. 실력 차이를 보여줄 테니까.'

마침내 양측이 격돌했다.

콰콰쾅!

원거리 딜러들이 쏟아내는 초능력을 한국의 탱커 5인이 합심하여 막아냈다.

하지만 이윽고 영국 측도 탱커 4인이 돌격해 왔다.

쿠우웅!

온몸으로 부딪쳐 오자 육중한 소리와 함께 한국의 최전방에 선 탱커 3인이 쩔쩔맸다. 몸통 박치기 한 방에 나가떨어지지 않은 것이 천만다행으로 보였다.

'하지만 시간문제군.'

영국의 파워풀한 탱커들에게 육탄전에서 계속 밀리는 한국 탱커들.

그나마 방어에만 몰두하고 있어 버틸 뿐, 금방 무너질 것으로 보였다.

'그 전에 준비해 온 작전을 시도하겠지.'

로이 마이어는 한국 대표 팀의 의도를 뻔히 꿰뚫어 보았다.

아니, 적어도 본인은 그렇게 생각하고 있었다.

낮은 목소리로 아군에게만 전달되도록 속삭였다.

"조심해, 서문엽이 곧 돌진할 거야."

그리고 그때가 한국 팀이 전멸하는 순간일 터였다.

로이 마이어는 백하연이 순간 이동으로 침투한 순간 처치해 버리고 게임을 끝낼 생각이었다.

그런데.

"차아!"

돌연 돌격을 펼친 것은 서문엽이 아니라, 최혁이라는 탱커였다.

'아니?'

최혁이 무모하리만치 저돌적으로 달려들어 영국 탱커들 사이로 비집고 들어왔다.

방패를 왼쪽 가슴에 밀착한 채 검을 마구 휘두르며 돌파를 펼치는 최혁.

영국 탱커들은 순간적으로 당황하여 틈새를 허용하고 말았다.

한 번 비집고 들어온 최혁은 완벽한 진형에 낀 이물질이 되었다.

사방에서 공격이 쏟아졌지만 꽤나 질기게 버티고 있었다.

'아군을 지켜야 할 탱커가 저렇게 침투를 하다니!'

탱커는 보통 상대 탱커를 힘으로 누르며 포메이션을 붕괴시킨다.

저렇듯 틈새를 파고들어 공격하는 것은 근접 딜러의 역할이었다.

몸을 던져 자신을 희생해 상대의 포메이션 붕괴를 내부로부터 촉진하는 특명을 받는 역할 말이다.

최혁으로 인해 영국의 진형이 무너지기 시작했다.

그러자 한국 측의 근접 딜러들도 줄줄이 침투하기 시작했다.

'서문엽이 온······!'

서문엽이 아니었다.

결정적인 순간까지 사리고 있을 줄 알았던 백하연이 뛰어들었다.

파앗!

서걱!

―백하연, 1킬.

과연 파리 뤼미에르 BC의 선수다웠다.

백하연은 순간 이동으로 들어와 원거리 딜러 하나의 목을 베어버렸다.

동시에 채찍으로도 탱커의 다리를 휘감고 끌어당겼다.

백하연의 난입으로 영국의 진형이 더욱 붕괴되었을 때였다.

마지막까지 기다리고 있던 서문엽이 돌격을 감행했다.

아니, 그것은 탱커의 돌격이 아닌, 근접 딜러의 자객 같은 침투였다.

사방에서 저지하려는 영국 선수들의 공격을 방패로 흘리거나 피해 버린 서문엽은 그대로 창을 휘둘렀다.

"비켜, 새꺄!"

퍼억!

"큭!"

창을 막기 위해 방패를 든 탱커는 오히려 로우 킥에 정강이를 정통으로 맞아 주저앉았다. 창은 페인트였던 것이다.

킬을 낼 수 있는 좋은 기회였지만, 서문엽은 무시하고 곧장 로이 마이어에게 달려갔다.

두 사람은 눈이 마주쳤다.

'탱커 2인이 침투를 펼친다고? 이래서 5탱커였구나.'

이를 테면 나무 쐐기와 같은 역할이었다.

고대 이집트에서 나무 쐐기를 박고 물로 불려서 석재를 떼어낸 원리였다.

날렵하게 작은 공간을 비집고 침투할 수 있는 탱커가 끼어들고서, 탱커다운 방어력으로 버틴다.

'머리를 잘 썼구나.'

심지어 백하연도 흔들기 용도로 써먹어 버리고, 서문엽 자신이 결정타를 날리러 왔다.

'당할까 보냐?'

왼손으로는 눈보라를 쏠 준비를 하고, 오른손에 든 지팡이는 칼날 5개를 모두 꺼냈다.

철컥! 철컥!

50㎝ 길이의 칼날들이 튀어나와 흉악한 무기로 둔갑한 그의 상징 같은 지팡이.

서문엽은 눈 하나 깜짝하지 않고 더 빠르게 달려왔다.

파앗!

로이 마이어가 눈보라를 발사했다.

그 순간 서문엽도 창을 냅다 집어 던졌다.

짧은 순간, 로이 마이어는 투창을 눈보라를 쏴서 격추시킬 수 있다고 판단했다.

그래서 피하기보다는 눈보라에 오러를 더 쏟았다.

파아아아앗!!

눈보라가 쏟아졌다.

서문엽의 투창 폼은 다이내믹했다.

팔을 땅과 수평이 되게 90도 각도로 쭉 뻗은 사이드암 자세였다.

거기서 출발한 창은 강렬한 테일링이 걸린 채 눈보라에 직면했다.

휘익!

창은 무척 역동적인 변화를 일으켰다.

스크루처럼 회전하듯이 아래로 뚝 떨어져 눈보라를 피해간 것이다.

'뭣?!'

그대로.

푸욱!

"컥!"

오른쪽 허벅다리를 꿰뚫었다.

로이 마이어의 얼굴이 고통과 당혹에 일그러졌다.

'이렇게 가까운 거리에서 어떻게 저런 궤적을!'

신기하기 이를 데 없는 투창이었다. 엄청난 테크닉으로 자신의 던지기 초능력을 200% 활용하는 서문엽이었다.

반면 서문엽은 오러를 온몸에 두른 채 방패를 앞세워 눈보라에 저항하며 달려왔다.

새로 창 한 자루를 꺼내 그대로 찌르기!

"큭!"

풀썩!

로이 마이어는 자리에 주저앉아 가까스로 창을 피했다.

그리고 옆으로 구르며 서문엽에게서 거리를 벌렸다.

한쪽 다리를 다친 것치고는 굉장히 민첩한 회피였다.

그러나 어느새 창이 가까이 다가와 있었다.

죽음에 직면한 순간.

'그럼 이건 어떠냐?'

전황을 빠르게 훑어본 로이 마이어가 최후의 초능력을 펼쳤다.

콰콰콰콰콰콰!!

거대한 얼음벽이 펼쳐져 전장을 삽시간에 둘로 갈라 버렸다.

—서문엽, 1킬.

물론 그 직후 로이 마이어는 서문엽의 창에 죽었다.

*   *   *

"우와아아아아!!"
관중들이 뜨겁게 환호했다.
갑작스러운 전개에 모두가 깜짝 놀랐다.

—한국이 영국 팀을 밀어붙입니다. 영국 진형이 흔들렸어
요!
—최혁 선수가 침투한 작전이 주효했습니다. 뒤를 이어서
백하연 선수가 멋지게 킬을 따냈습니다!
—계속해서 파고듭니다! 영국 진형이 붕괴됐어요! 뒤에 있
는 원거리 딜러들이 고스란히 노출됐습니다.
—서문엽! 서문엽 선수 파고들어요!

서문엽은 과연 달랐다.
가로막는 영국의 튼튼한 탱커를 간단히 때려눕힌 후에 적
진 깊숙이 거침없이 파고들었다.

―창으로 페인트를 주면서 발차기! 이야, 멋집니다!

―간단한 페인트인데 저런 스피드로 펼치니 속습니다. 계속 갑니다! 목표는 로이 마이어!

그리고 마침내 로이 마이어를 처치하자 경기장의 분위기가 더없이 뜨거워졌다.

―로이 마이어 처치 성공! 서문엽 선수가 아이리시 위저드를 처치했습니다!

―하, 하지만 죽기 전에 얼음벽을 펼쳤죠? 이거…….

―네, 전장이 둘로 갈라졌습니다! 양 팀 선수들도 둘로 나뉘었는데, 아! 이거 참……!

중계진은 당혹감을 금치 못했다.

얼음벽에 의해 둘로 나뉜 전장.

한쪽에 서문엽과 영국 선수 3인이 있었고, 나머지는 다른 쪽에 있었다.

―서문엽 선수가 위기에 처했습니다. 영국 선수 3명을 혼자서 상대해야 해요!

―그만큼 다른 쪽에서는 한국 선수들이 수적으로 유리합니다만, 지금 우리 선수들도 많이 죽어나가고 있어요! 처음에

기세가 좋았지만 곧 개개인의 역량 차이가 나기 시작했어요!

　—서문엽만 처치하면 나머지는 간단하다고 로이 마이어 선수가 판단하고 얼음벽을 펼쳤습니다.

　—마법사의 지혜인가요. 역시 로이 마이어입니다. 어떻게 죽기 전에 그런 판단을 내리나요?!

　—얼음벽 유지 시간은 30초! 30초만 버티면 됩니다!

　　　　　　*　　　　　　*　　　　　　*

　혼자 영국 선수 3명을 상대해야 하는 상황.

　로이 마이어가 유산처럼 남긴 함정에 빠진 서문엽.

　하지만 서문엽의 얼굴에는 별로 낭패감이 보이지 않았다.

　도리어 씨익 웃었다.

　"이렇게 판을 깔아주면 나야 고맙지."

　—삼촌, 조금만 버텨! 곧 순간 이동 딜레이 끝나면 넘어가서 도와줄게!

　백하연의 목소리가 들렸다. 그러고 보니 백하연의 순간 이동도 딜레이가 30초였다.

　"필요 없어."

　—응? 정말? 3 대 1인데?

　"네가 이 삼촌의 위대함을 아직 모르는구나? 그쪽이나 잘해."

―알았어.

영국 선수들은 얼음벽이 사라지기 전에 서문엽을 처치할 생각으로 재빨리 덤벼왔다.

'증폭, 기술에.'

서문엽의 숨겨진 초능력, 증폭이 시전됐다.

기술이 110으로 인간의 한계를 초월하게 되었다.

매서운 스피드로 3단 찌르기!

채채챙!

앞장선 탱커의 큰 사각 방패에 막혔다.

하지만 서문엽은 또 다른 테크닉을 펼쳤다.

몸을 낮게 웅크리고서 상대가 사각 방패를 회수한 순간.

팟!

사각 방패에 가려져 보이지 않는 시야의 사각으로 파고들었다.

짧은 순간 서문엽을 놓친 탱커는 당황했다.

푹!

"컥!"

뒤늦게 방패를 내밀었지만, 그 전에 파고든 창이 왼쪽 어깨를 찔렀다.

"다쳤구나? 팔을 못 들겠지?"

한눈에 진단까지 해버리는 서문엽.

영국 선수 3인은 섬뜩함을 느꼈다.

"이 자식!"

근접 딜러가 측면에서 뛰어들어 검을 휘둘렀다.

챙!

서문엽은 창 뒤쪽의 이중 날로 검을 잡아채 버렸다.

그대로 창과 함께 온몸을 180도 회전했다.

창과 함께 이중 날에 잡혀 있던 검도 비틀렸다.

"큭!"

그 바람에 근접 딜러는 검을 놓쳤다.

삽시간에 터져 나온 놀라운 테크닉!

서문엽은 시간을 주지 않고 바로 창을 던져 버렸다.

"크아!"

근접 딜러는 재빨리 등 뒤에서 예비용 검을 꺼냈다. 재빠른
반응은 역시나 영국 국가 대표다웠다. 하지만.

날아오는 창을 쳐내려 했지만 헛스윙을 하고 말았다.

"아니?!"

생각보다 느리게 날아온 창은 그대로 근접 딜러를 꿰뚫었
다.

─서문엽, 2킬.

"체인지업이다, 짜식."

던지는 비거리와 속도를 마음대로 조종할 수 있는 서문엽

의 초능력!

최대한 느린 속도로 던져서 타이밍을 뺏은 것이었다.

이제 부상 입은 탱커와 원거리 딜러뿐이었다.

원거리 딜러가 오러를 크게 일으켜 거대한 불꽃을 만들어 냈다.

불꽃은 이윽고 거대한 사람의 형상을 띠었다.

원거리 딜러 잭 말론의 초능력 불의 거인이었다.

"웃기고 있네."

서문엽은 오러를 증폭시켰다.

그리고 오러를 창에 잔뜩 집중한 채, 불의 거인에게 뛰어들었다.

"뒈져, 새꺄!"

불의 거인에게 창을 내질렀다.

콰르르르르릉!!

믿을 수 없는 오러양이 담긴 일격에 불의 거인은 한 방에 폭사되어 사라졌다.

"마, 말도 안 되는! 이런 괴물!"

잭 말론은 패닉에 빠졌다.

자신의 초능력 불의 거인이 이렇게 무기력하게 소멸된 적은 처음이었다.

어지간한 오러가 실린 공격이 아니고서야 이럴 수는 없었다.

서문엽은 그대로 달려들어 마무리 지으려 했지만, 부상 입은 탱커가 가로막았다.

"덤벼!!"

투혼을 발휘하는 탱커.

서문엽은 피식 웃더니.

팟!

잽싸게 자세를 낮추며 하단 찌르기 자세를 취했다.

탱커도 이에 반응하여 방패를 내렸다.

하지만 역시나 페인트.

자세만 하단 찌르기 폼일 뿐, 창은 여전히 위를 겨누고 있었다.

탱커는 급히 방패를 다시 위로 올리려 했지만, 아까 찔린 어깨에 찢어질 듯한 통증을 느꼈다.

"팔을 못 들겠지?"

아까 서문엽이 했던 악마 같은 말이 뇌리를 스쳤다.

푹.

―서문엽, 3킬.

이어서 원거리 딜러 잭 말론도 마무리 지었다.

―서문엽, 4킬.

*   *   *

―4킬! 서문엽 4킬!!
―정말 대단한 장면입니다! 세계 레벨에서 서문엽 선수의
실력이 얼마나 통할지 모두가 궁금해했습니다만, 이제 밝혀
졌습니다. 강합니다! 너무 강합니다!!

중계진이 흥분에 차 소리를 질렀다.
"으아아! 서문엽 만세!"
"말했잖아! 서문엽 형님이 짱이라고, 이 새끼들아!"
"우와아아아!"
"말도 안 돼!"
관중들도 경악과 감탄으로 환호성을 질렀다.
어느새 접속 모듈에서 나와 대형 스크린으로 경기를 지켜
보던 로이 마이어도 충격을 받은 표정이었다.
'뭐야, 저게?'
3 대 1이었다.
저 세 사람은 빅 리그에서 엄청난 몸값을 받는 스타급 선
수들이었다.

그런데 어떻게 저렇게 약팀 학살하듯이 할 수 있단 말인가?

'내 얼음벽이 오히려 독이 됐어!'

얼음벽이 사라지자 서문엽은 악마처럼 날뛰며 킬을 쓸어 담았다.

수적으로 유리함에도 한국 선수들은 영국 선수들에게 맥을 못 추고 하나둘 죽어나가고 있었는데, 서문엽은 얘기가 달랐다.

찔러 죽이고 던져서 죽이고 방패로 찍어 죽이고.

그럴 때마다 경기장은 그동안 약체로 평가되었던 한국 팬들의 설움이 환호성으로 폭발했다.

포메이션이 붕괴되어서 각자도생하고 있던 영국 선수들은 조직적으로 서문엽에게 대항하지 못하고 픽픽 쓰러졌다.

무자비하게 날뛴 서문엽은 기어코 영국 팀을 몰살시켰다.

7킬 2어시.

전장의 사신이 된 서문엽의 1세트 성적이었다.

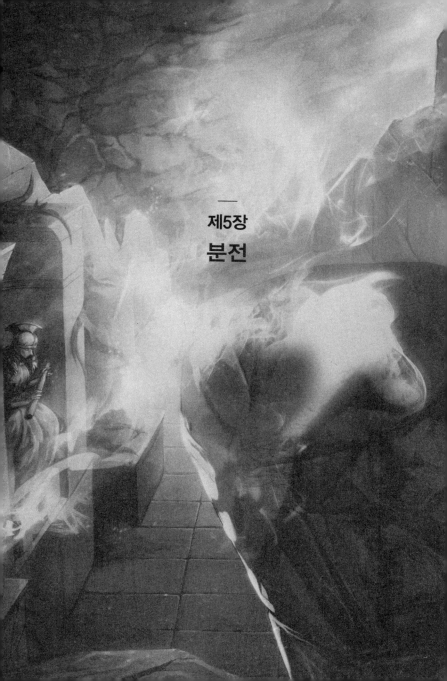

제5장
분전

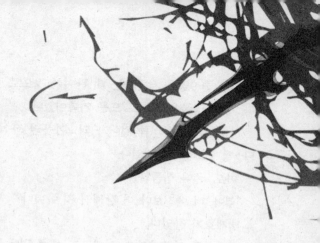

접속 모듈에서 서문엽이 나왔다.

선수들은 서문엽을 멍하니 쳐다보았다.

'저 정도일 줄은.'

'대단하다는 건 알고 있었지만⋯⋯.'

그야말로 혀를 내두를 지경이었다.

그도 그럴 것이, 이번 전투는 서문엽이 공식전에서 처음으로 전심전력을 다했다.

한국 리그에서야 쇼맨십이 절반이었지만, 이번에는 상대가 세계 10위권 안에 드는 강호인데 그럴 여유가 어디 있겠는가.

이 악물고 싸운 덕에 7킬 2어시.

11명 중 9명을 처치하는 데 관여한 것으로, 거의 혼자 싸웠다. 강호 영국을 상대로 드문 기록이었다.

서문엽은 성큼성큼 걸어가 더그아웃의 좌석에 철퍼덕 앉았다. 백제호의 옆자리였다.

"아오, 존나 힘들다."

"엽아, 너 예전보다 더 강해진 것 아니냐?"

백제호가 물었다.

날카로운 질문이었다. 실제로도 증폭 덕에 훨씬 강해졌다.

"나야 끊임없이 정진한 덕에 하루하루 발전하고 있지."

"TV 앞에 살던 놈이……."

서문엽이 수련하는 꼴을 못 본 백제호는 기가 막혔지만, 이게 타고난 재능의 차이인가 보다 하고 트집 잡길 관두었다.

잠시 후, 서문엽이 1세트 MVP에 선정되었다는 안내 방송이 들렸다.

경기장은 관중들의 환호로 들썩였다.

하이라이트로 서문엽의 7킬 영상이 나왔다.

그것을 곰곰이 지켜보면서 서문엽은 자신의 활약보다는 그때 주변에 있는 다른 한국 선수들을 살폈다.

"제호, 네가 볼 땐 어땠어?"

"잘했지."

"그래?"

너무 단순한 감상이라 실망하려던 찰나.

"정말 대단했어, 너는."

다른 선수들은 문제가 있었다.

서문엽은 고개를 끄덕였다.

"맞아. 대단한 건 이 몸뿐이지."

이윽고 서문엽은 쉬고 있는 선수들을 손짓으로 집합시켰다.

"야, 이것들아."

"예!"

선수들의 대답이 우렁차다.

서문엽의 어마어마한 활약에 경외를 느낀 탓이었다.

"일단 처음은 잘했어. 앞에 탱커 3명도 잘 버텼고, 최혁도 잘 파고들었어. 백하연도 완벽했고. 다 잘했는데……."

서문엽은 한숨을 쉬며 전광판에 쓰여 있는 3-0 스코어를 가리켰다.

"5탱커 작전이 성공했고, 로이 마이어도 죽였고, 서비스로 내가 3명을 사살했다. 그런데도 쟤네가 전멸했을 때 우리는 겨우 3명만 살았다."

그 말에 선수들은 겸연쩍어졌다.

서문엽이 혼자 7킬을 할 때, 나머지 4킬을 10명이서 나눠 가졌다. 그마저도 백하연의 2킬 1어시를 빼면 더 초라해진다.

나머지 2킬도 서문엽이나 백하연이 어시스트한 것을 주워 먹은 격이었다.

아무리 상대가 강팀이라지만 너무 초라한 실력 차이에 부끄러움을 느꼈다.

서문엽이 말했다.

"개인 기량을 문제 삼자는 게 아냐. 생각해 봐. 우리 전술은 성공했어. 영국 전술의 완벽한 카운터였단 말이야. 그런데 너희가 고전한 이유가 뭐라고 생각해?"

개인 기량 차이 외엔 생각이 안 나는 터라 다들 말을 못 하고 있을 때, 한국 대표 팀 주장인 채우현이 나섰다.

"난전 중에 조직적인 플레이가 부족했습니다."

"그렇지!"

서문엽이 무릎을 쳤다.

"영국 애새끼들이 진형이 무너져서 뿔뿔이 흩어진 채 제각기 싸우고 있는데, 그럴 때 너희들은 조직적으로, 연계 플레이로 하나씩 잡았어야지! 너희는 서로 연계하지 않으면 일대일로 쟤네 못 잡아."

"네, 더 주의하겠습니다."

채우현이 대답했다. 그래도 신임받는 주장답게 믿음직했다.

"이제 저쪽도 비상이 걸렸을 거야. 그동안 고집했던 '기사와 마법사' 전술에 대한 완벽한 카운터가 나왔으니까."

백제호가 말했다.

서문엽이 키득거렸다.

"엄청 당혹스러울걸? 같은 전술을 프랑스가 쓰면 완전히 박살이 난다는 걸 알 테니까."

한국 팀이니까 3—0이었다.

프랑스 대표 팀이 가짜 탱커 전술을 펼친다면?

영국 대표 팀은 그냥 순삭당한다.

"그래도 1세트에서 확인했으니 조치가 있지 않을까?"

"기껏해야 원거리 딜러를 몇 명 빼고 근접 딜러를 투입하겠지."

서문엽은 대수롭지 않다는 듯이 말했다.

하지만 나름 감독으로서 대표 팀을 지도했던 백제호는 안색이 어두워졌다.

방금 서문엽이 언급한 대책은 임시방편에 불과하지만, 한국 대표 팀은 그 정도만으로도 이기기 어려워진다. 워낙 실력 차이가 나는 탓이었다.

"괜찮을까?"

백제호가 조용히 물었다.

서문엽도 나직이 답했다.

"뭘 괜찮아? 나라면 로이 마이어 빼고 다른 원거리 딜러를 모조리 근접 딜러로 교체할 거야. 저쪽 감독이 똑똑한 놈이라면 그런 식으로 나오겠지."

백제호의 두 눈이 크게 떠졌다.

극단적인 포지션 비중 변화.

한 타 싸움에서 똑같은 상황이 펼쳐진다면, 난전에서 승리를 거두겠다는 의도다.

그 정도면 한국쯤은 찍어 누를 수 있다.

"그럼 우리 전술이 벌써 파헤쳐진 거잖아?"

"아냐. 원거리 딜러의 화력으로 클래식 탱커의 느린 발을 보완한다는 쟤네의 명제가 깨진 거지."

서문엽은 영국 측의 생각을 손안에 넣고 들여다보는 것처럼 꿰뚫고 있었다.

"그럼 그 부분을 노려볼 수 있지 않나?"

"잘 들어. 쟤네도 처음부터 로이 마이어 빼고 다 바꾸는 강수는 안 돼. 2세트에서 2명 정도만 교체해 시험해 보겠지."

백제호는 고개를 끄덕였다.

"그럼 2세트는 그냥 내줘 버려. 내가 나름 분전해 볼 테지만 아마 못 이길 거야."

그제야 백제호도 서문엽의 의도를 깨달았다.

"2세트에서 성공을 거두면, 3세트는 아예 원거리 딜러를 전원 근접 딜러로 교체하겠구나? 그게 우리 전술에 대한 완벽한 해법이라고 생각해서."

"그렇지."

그렇게 오판하게 만들기 위해 2세트를 내줘 버리는 작전이었다.

*　　　*　　　*

2세트 시작 전, 양 팀의 출전 명단이 갱신되었다.

한국은 변화가 없었지만, 영국 측은 서문엽의 예측대로였다.

4탱커, 4근접 딜러, 3원거리 딜러.

원거리 딜러 2명을 빼고, 대신 근접 딜러 2인을 투입한 것.

화력 집중적인 구성에서 육박전이 보강됐다.

영국 대표 팀은 한국이 선보인 새로운 전술을 심각하게 받아들인 것이다.

"완전히 허를 찔렸군. 백제호가 이 정도로 능력 있는 감독이었던가?"

2세트 시작 전, 영국 대표 팀을 이끄는 론 델리 감독은 심각한 어조로 중얼거렸다.

로이 마이어가 말했다.

"서문엽일 겁니다."

"그럴 수도 있겠지."

"딜러처럼 할 수 있는 탱커는 서문엽 그 자체죠. 최후의 던전을 공략한 7영웅도 기동성과 멀티 포지션을 소화할 수 있는 구성이었고요."

"그렇군. 어쨌거나 우리에게 중대한 위기가 닥쳤음을 분명하다. 이건 한국 같은 약체에게 1세트에서 졌다는 것이 문제가 아니야."

"프랑스나 치치 루카스가 있는 이탈리아가 같은 전술을 쓰면 우리는 더 확실하게 무너졌겠죠."

로이 마이어도 서문엽의 머리에서 나왔을 가짜 탱커 전술의 위력을 깨닫고 있었다.

"일단은 난전 상황에 처했을 때 근접전을 수월하게 치를 수 있는 선수 구성을 짤 것이다."

그러면서 근접 딜러 2명이 교체 투입됐다.

가짜 탱커 전술에 대한 해법을 이번 A매치 경기에서 찾아보겠다는 의지였다.

론 델리 감독은 로이 마이어에게 당부했다.

"얼음벽을 쓸 때 주의해라."

"네, 알고 있습니다."

로이 마이어는 이미 서문엽의 본 실력에 충격을 받았다.

3 대 1 구도를 만들어놨는데 서문엽에게 무참히 박살 났다.

아까와 같은 구도를 얼음벽으로 만들었다간 도리어 서문엽에게 유리했다.

'아예 전투 시에 배제시키는 쪽으로 써야겠다.'

얼음벽으로 서문엽을 따로 고립시켜 놓고, 30초 안에 한국 팀을 박살 낸다.

그러면 무난하게 이길 수 있을 터였다.

'하지만 괜찮을까?'

로이 마이어는 가짜 탱커 전술에 대해 걱정이 컸다. 당장 한국 팀이 문제가 아니었다.

클래식 탱커 체제에 대한 맞춤 전술!

이는 영국 대표 팀이나 그가 소속된 뉴욕 베어스 모두 위태로워졌다는 뜻이었다.

'확인하겠다. 근접 딜러의 투입으로 쉽게 대처할 수 있는 전술인지, 새로운 트렌드인지를.'

2세트가 시작되었다.

2세트 던전은 아즈사의 나선 굴.

이번에도 양 팀은 서로에게 접근하여서 한 타 싸움을 벌였다.

"이번엔 뚫고 들어오지 못하게 확실하게 마크해!"

로이 마이어의 외침에 영국 탱커들은 적의 침투를 막기 위해 경계했다.

최혁이 몇 번이나 기회를 엿봤으나 영국 측은 똑같이 당할 생각이 없어 보였다.

그러나 서문엽의 해법은 간단했다.

"뭐 해? 더 넓게 펼쳐."

한국 측이 좌우로 더 넓게 펼쳤다.

거기에 맞춰 영국도 펼치다 보니 탱커들 간에 간격이 넓어졌다.

그 순간 최혁이 뛰어들었고, 동시에 서문엽은 방패에 백하연을 태워 던졌다. 그리고는 서문엽도 달려들었다.

왼쪽에서 최혁, 오른쪽에서 서문엽, 공중에서 백하연!

3면에서 동시에 침투하자 발이 느린 영국의 탱커들이 대처할 수가 없었다.

하지만 2선에서 대기하던 근접 딜러들이 즉각 반응했다.

그와 함께 로이 마이어가 뒤에서 안전하게 보호받을 거라는 예상을 깨고 앞으로 나섰다.

침투를 시도한 최혁의 눈앞에 당도했을 정도였다.

의외의 상황에 놀란 최혁에게, 로이 마이어가 손을 뻗었다.

파아아아앗!!!

"크헉!"

엄청난 눈보라가 쏟아졌다.

방패로 급히 막았지만 최혁은 속절없이 몸이 얼었다.

콰직!

로이 마이어는 5개의 칼날이 솟아난 지팡이로 마무리 지었다.

―로이 마이어, 1킬.

왼손으로 눈보라, 지팡이로 마무리. 로이 마이어의 필승 패턴이었다.

로이 마이어는 계속 앞으로 나서며 눈보라를 몰아쳤다.

단숨에 한국 측의 공세가 위축될 정도의 위력이었다.

그때.

촤라락!

채찍이 날아들어 로이 마이어의 목을 휘감았다.

백하연이었다.

반사적으로 지팡이를 끼어 넣어 목이 완전히 졸리는 참사는 면했지만, 로이 마이어는 백하연에게 붙잡혔다.

백하연은 그대로 오른손에 든 검으로 마무리 지으러 달려들었다.

그때, 로이 마이어의 발아래에 둥그런 원이 나타났다.

백하연이 지척에 도달한 순간, 로이 마이어는 뒤로 몸을 날려 피했다.

그 직후.

쩌저저적!

그 원 안에 들어선 백하연은 삽시간에 거대한 얼음 속에 갇혀 버렸다.

얼음 봉인이었다.

가장 날렵한 백하연을 처음부터 노리고 앞에 나섰던 로이 마이어였다. 빠른 스피드와 순간 이동이 아군을 교란시키는 탓이었다.

최혁에 이어 백하연까지 당하자 한국 측은 1세트 때와 달리 주춤거렸다.

물론 변함없이 미쳐 날뛰는 사람도 있었다.

―서문엽, 1킬.

서문엽은 덤벼들던 근접 딜러 하나를 골로 보내고서 영국 대표 팀의 포메이션 한복판에 들어왔다.

"최전방 탱커들은 적을 막고, 나머지는 서문엽을 에워싸!"

로이 마이어의 오더가 떨어졌다.

그러자 사방에서 서문엽을 압박했다.

"덤벼!"

서문엽은 굴하지 않고 좌충우돌했다.

공격이 쏟아지는데도 신들린 무빙과 방패 컨트롤로 막아내며 끈덕지게 물고 늘어졌다.

한복판에서 적이 날뛰니 영국의 대형이 깨져갔다.

하지만 팀이 그를 도와주지 않았다.

영국의 탱커진을 뚫지 못했고, 20초가 지나 얼음 봉인에서 풀려난 백하연도 기다리고 있던 로이 마이어의 눈보라를 뒤집어쓰고 아바타가 소멸됐다.

연이어 로이 마이어는 한국 선수들을 사냥하기 시작했다.

서문엽은 영국 선수들에게 둘러싸여 고군분투했다.

카각!

"큭!"

서문엽이 창을 등 뒤로 젖혀 찌르는 테크닉으로 근접 딜러의 허벅다리를 찔렀다.

찔렀다가 뽑는 동작으로, 반대편에 창을 던졌다.

애매한 자세로 던졌어도 초능력에 의해 세차게 날아간 창은 그대로 원거리 딜러를 죽였다. 눈으로 보지도 않고 옆으로 던져 맞혀 버린 것이다.

—서문엽, 2킬.

창이 손에 없는 틈을 타 적들이 덤벼들었지만, 서문엽은 한 바퀴 구르는 동작과 함께 새로운 창을 꺼내는 데 성공했다.

초능력이 난무했다.

서문엽은 오러로 몸을 둘러서 보호했지만, 많은 오러가 소모되었다.

정신없이 싸우는 중에도 전장을 쭉 둘러봤는데, 이미 승기가 영국에 기울었다.

'초장에 로이 마이어를 잡았어야 했는데.'

아이리시 위저드를 빨리 제거하지 못한 대가는 뼈아팠다.

로이 마이어가 적극적으로 나서며 한국 선수들을 학살한 것이다.

일찍 승부가 판가름 났지만, 서문엽은 정말 미친 듯이 싸웠다.

민첩성을 증폭시켰다가, 오러를 증폭시켰다가, 기술을 증폭시키며 자신의 기량을 한계 이상 펼쳤다.

때문에 위태롭고 점점 대미지가 쌓여가는 와중에도 반격으로 킬을 꾸역꾸역 쌓았다.

결국 한국 팀이 전멸하자, 서문엽도 적에게 둘러싸여 생애 첫 데스를 당했다.

그때 서문엽의 기록은 5킬.

적진 한복판에서 혼자 싸우면서 거둔 공격 포인트였다.

5-0으로 2세트 승리를 거뒀지만, 영국 선수들은 서문엽이 두려워졌다.

                    *   *   *

―2세트, MVP.

안내 방송과 함께 영상이 나온다.

로이 마이어였다.

4킬 4어시.

1세트 때와 달리 아이리시 위저드의 진가를 제대로 보여주었다.

과감히 뛰쳐나가 최혁을 단번에 처치하고, 백하연을 끌어들여 얼음 봉인에 가뒀다.

압권은 그 후 혼자서 눈보라를 몰아치며 한국 진형을 쓸어

버린 광경이었다.

2킬과 4어시가 거기서 나왔다.

무섭게 몰아치는 눈보라에 다들 꼼짝을 못하고 움츠러들어 영국 선수들의 공격에 무너졌다.

"와아!"

"진짜 세다!"

"미쳤어."

한국 대표 팀을 응원하러 모여든 관중들도 비록 적이지만 박수를 보냈다. 경기장에서 직접 본 톱3의 위력은 놀라웠다.

—영국 대표 팀이 바로 한국의 전술에 대처한 모습이었죠?

—네, 근접 딜러를 추가 투입해 근접전을 강화한 것이 주효했습니다. 하지만 무엇보다 아쉬웠던 것은 최혁 선수와 백하연 선수가 쉽게 잡혀 버린 겁니다. 그 탓에 적진에 홀로 고립된 서문엽 선수가 힘겨운 싸움을 해야 했어요.

—그나저나 서문엽 선수도 정말 대단하네요.

—예, 감탄밖에 나오지 않습니다.

서문엽이 치른 격전도 영상이 안 나올 수 없었다.

그야말로 맹수였다.

사방에 적밖에 없는데, 그 속에서 혼자 분투를 벌였다.

─저 상황에서 혼자 5킬을 했다는 게 믿겨지지가 않습니다. 뒤를 받쳐주는 선수가 있었더라면 이길 수 있었을 텐데, 너무 혼자 싸웠어요.

─아무튼 서문엽 선수의 실력이 이걸로 입증이 되네요. 세계 최고를 논할 수 있는 수준이라는 게 명백히 입증됐습니다.

─그야 물론입니다. 어느 누가 저 상황에서 5킬을 만듭니까?

중계진의 대화는 차츰 서문엽에 대한 예찬으로 흘렀다.

그러거나 말거나, 서문엽은 백제호와 다시 상의했다.

"잘했어, 네가 분투하지 않았으면 더 큰 스코어로 졌을 거야."

백제호가 칭찬했다.

2세트 스코어는 5─0.

데스당한 영국 선수 6인 중 5명이 서문엽의 작품이었다.

서문엽이 아니었더라면 훨씬 큰 스코어로 졌을 터였다.

"크게 졌으면 3세트도 안심하고 똑같이 나왔겠지."

5─0이 딱 좋았다.

백하연과 최혁을 일찍 처리하지 않으면 위험할 뻔했다, 라고 영국 측이 생각할 수 있는 스코어였다.

"안전하게 가기 위해 근접 딜러를 추가 투입할 거야."

"그럼 우린……."

서문엽이 웃으며 말했다.

"클래식 탱커 체제를 깨기 위해 탄생한 전술 있잖아. 요즘 대세가 된 거."

잠시 후.

대한민국과 영국의 출전 명단이 공개되었다.

─아! 영국이 초강수를 뒀습니다! 로이 마이어를 제외한 모든 원거리 딜러를 근접 딜러로 교체했어요. 한 타 싸움에서 절대 안 지겠다는 강한 의지입니다.

─2세트에서 승리하긴 했어도 서문엽 선수의 활약이 워낙 위협적이었거든요. 육박전을 더 강화해서 맞서야 할 필요성을 느꼈을 겁니다.

─그런데 대한민국 대표 팀의 출전 명단이 의외입니다.

한국 측에서 출전하는 탱커는 서문엽, 최혁, 채우현 3명뿐이었다.

영국 측의 더그아웃이 동요했다.

"제기랄, 당했군."

영국의 론 델리 감독이 침음했다.

3탱커.

기동성을 강화한 조합으로, 클래식 탱커 위주의 4탱커에 대한 카운터로 나온 전술이었다.

바로 최근 대세가 된 트렌드다.

클래식 탱커의 단점인 기동성을 노리고, 발 **빠른** 사냥과 견제로 이득을 보는 조합인 것이다.

영국은 이 단점을 보완하기 위해 원거리 딜러를 다수 포함한 화력 집중형 조합을 만들었다.

멀리서도 공격할 수 있는 원거리 딜러는 적의 견제 플레이에 대항하기 쉬운 것.

그런데 지금 영국은 육박전을 강화하겠다고 원거리 딜러들을 죄다 **빼버렸다**.

가위 바위 보에서 진 셈이었다.

"어쩔 수 없다. 로이!"

"네."

"부탁한다."

"예, 맡겨주십시오. 어떻게든 한 타 싸움까지 끌고 가서 이기겠습니다."

로이 마이어는 자세히 말하지 않아도 감독의 의도를 파악하고 있었다.

*   *   *

3세트가 시작되었다.

3세트의 던전은 만인릉.

그것은 거대한 무덤 도시였다.

옛날 지저 문명을 다스린 황제의 무덤으로 추측되는 던전이었다.

너무나 오래되어서 그 황제가 누구인지는 지저인들도 몰랐다.

다만 엄청난 절대 권력을 누렸던 것은 자명했다.

길이 5킬로미터에 달하는 엄청난 규모의 도시. 황제가 새롭게 다스릴 사후 세계의 수도를 건설해 놓은 것이었다.

심지어 족히 1만여 명의 신하와 백성들까지도 사후 세계의 구성원으로 선택되어서 함께 순장되었다.

인구가 많지 않은 지저 문명에서 그러한 짓은 상상할 수 없는 절대 권력이 있어야 가능했다.

언데드들의 도시.

육체가 잘 보존된 황제는 아직도 이 도시를 통치하고 있으며, 지저인의 출입조차도 허용하지 않는다.

그래서 지저인들조차 이 만인릉을 조사하고 싶어도 불가능했다.

서문엽은 오랜만에 와본 만인릉의 을씨년스러운 거리 풍경에 과거를 떠올렸다.

역시나 서문엽이 공략한 적 있는 던전이었다.

다만 서문엽이 공략을 주도했던 것은 아니고, 여러 팀이 연합하여 함께 진입했으며 책임자도 따로 있었다.

거리가 미로처럼 꼬여 있는데 스켈레톤 주민들과 경비병들이 수시로 출몰해 고생했던 곳이다.

'벌써 한참 옛날 일이군.'

이곳의 궁전 중심부에 황제가 있다.

살아생전의 모습이 그대로 보존되었던 황제는 심상치 않은 위압감을 풍겨 서문엽도 압도되었었다.

결국 처치하긴 했지만 힘들었다.

'그땐 나도 아직 덜 여물었을 때라 고전했지.'

배틀필드는 최종 보스로 황제까지 구현했다.

다만 말이 없다고 한다. 아무래도 지저인을 구현하지 않은 이유와 마찬가지로, 지성체를 만들기란 불가능한 모양이었다.

만인릉은 워낙 드넓어 대개는 최종 보스인 황제까지 도달하기 전에 경기가 끝난다.

던전에 접속하자마자 서문엽은 팀원들에게 말했다.

"여기 황제 면상 보기 전에 경기 끝내지 않으면 힘들어진다. 알지?"

"예!"

"그럼 사냥은 얘기했던 대로 3—3—3—2로 간다."

팀원들은 탱커를 조장으로 삼아서 3인 1조로 흩어졌다.

탱커 없이 근접 딜러 2명과 원거리 딜러 1명으로 이루어진 조도 있었는데, 이 조는 사냥 겸 정찰을 맡았다. 조장은 원거리 딜러, 심영수였다.

"심영수, 가능성은 낮지만 적도 견제를 해올지 몰라. 잘 감시해."

"넷!"

그리고 서문엽은 백하연과 함께 움직였다.

"가자."

백하연은 대답 대신 고개를 끄덕였다.

두 사람이 맡은 역할은 바로 견제 플레이였다.

쟁쟁한 선수들로 구성된 영국 팀을 공격해야 하는 역할을 소화할 선수가 한국 팀에 별로 없었다.

"적이 5인조면 투창으로 견제, 4인조면 치고 빠지기, 3인조면 다 조질 거야."

"응."

1세트 때 3 대 1로 이겼던 서문엽이었다. 백하연도 함께 있는데 3인조는 맛있는 먹잇감이었다.

영국 측 진영으로 가는 길에 만난 스켈레톤 주민들을 사냥했다.

긴 싸움이 예상되므로 던지기는 자제하고 그냥 평범한 창술로 사냥에 임했다.

증폭 역시 초능력이므로 오러가 소모되니 되도록 아꼈다.

그럼에도 서문엽의 테크닉은 스켈레톤들을 사냥하는 데 최적화되어 있었다.

파각! 파각!

두개골을 하나둘 창으로 찌르고 방패로 찍어 부수며 전진.

백하연도 채찍으로 거들며 사냥 포인트를 쌓았다. 그녀의 채찍을 뚫고 가까이 다가오는 스켈레톤 주민은 1명도 없었다.

그렇게 사냥하며 전진하던 중에 중간 보스 몹도 만났다.

바로 경비대를 끌고 온 경비대장이었다.

머리서부터 발끝까지 무장하여서 무쇠 갑옷으로 골격이 보이지도 않는 경비대장은 경비대와 함께 돌격했다.

서문엽은 방패를 뉘여 백하연을 태웠다.

파앗!

백하연이 하늘 높이 도약했다.

그러고는 경비대장을 향해 똑바로 떨어졌다.

서문엽은 백하연이 경비대장을 공격하는 타이밍에 맞춰서 창을 던졌다.

쉬이이익!!

경비대장은 방패로 막으려 했지만, 순간적으로 창이 뚝 떨어지며 하단을 노렸다.

까아앙!

급히 방패를 아래로 낮춰 막는 경비대장.

하지만 그로 인해 상단에 대한 방비가 되지 않았다.

촤아악!

백하연의 채찍이 대도를 들고 있는 경비대장의 오른손을 휘감았다.

이어서 검으로 목을 그었다.

서걱!

"크어어!"

투구를 쓴 경비대장의 두개골이 떨어졌다.

경비대장의 몸뚱이는 잃어버린 두개골을 찾기 위해 땅을 더듬었지만.

파각!

연이어 날아든 창이 두개골을 꿰뚫어 버렸다.

사냥 포인트를 획득한 서문엽의 몸이 보라색 광채로 빛났다.

파란색—보라색—붉은색—검은색—흰색 중 2단계였다.

백하연 또한 어스름한 보랏빛을 띠었다.

파앗!

순간 이동으로 스켈레톤 경비대의 한복판에서 탈출한 백하연은 건물 지붕 위로 올라섰다.

서문엽이 힘껏 점프하자, 백하연이 채찍으로 낚아채 올려주었다.

"가자!"

경비대의 추격을 뿌리쳐 달아나기 시작한 두 사람.

한국 최고의 2인조는 서서히 영국 팀이 사냥하고 있는 지역으로 진입하고 있었다.

그런데 그때였다.

—저기, 구단주님?

심영수의 목소리였다.

"왜?"

—지금 어디쯤이시죠?

"이제 거의 다 왔어. 왜?"

—여기 문제가 좀 생겼는데…….

*   *   *

심영수는 건물 위에서 자신들을 내려다보는 인영을 보며 떨떠름해졌다.

포효하는 사자의 형상이 장식된 금도금 지팡이를 든, 마법사와도 같은 모습의 적금발 청년.

몸은 짙은 보랏빛으로 빛나고 있었다.

거의 3단계에 근접한 2단계.

여기 오기까지 만난 괴물들을 죄다 쓸어버렸다는 뜻이었다.

"여, 여기 로이 마이어가 나타났어요."

—뭐? 피해!

서문엽의 외침이 들리는 찰나, 로이 마이어가 왼손을 뻗었다.

쩌저저적!!

얼음벽이 도로의 한쪽을 틀어막았다.

한쪽 퇴로를 막은 로이 마이어는 건물에서 뛰어내렸다.

"젠장! 30초만 싸워!"

심영수는 폭발 구체를 생성시키며 소리쳤다. 30초가 지나 얼음벽이 사라지면 도망치자는 뜻.

눈보라가 몰아쳤다.

*　　　*　　　*

"몇 명이야?"

ㅡ로이 하나요. 악! 젠장!

고전하고 있는 심영수의 목소리였다.

서문엽은 머릿속이 복잡해졌다.

로이 마이어.

혼자서 한국 진영에 나타났다는 뜻은 하나였다.

'맞바꾸기 하자는 거냐?'

로이 마이어가 던지는 메시지를 하나였다.

너는 내 아군을 쳐라.

난 네 동료를 치겠다.

서문엽이 견제로 영국 팀을 박살 내는 속도보다, 로이 마이어 자신이 한국 팀을 풍비박산 내는 속도가 더 빠르다는 계산이었다.

ㅡ전원 로이 마이어를 잡아.

서문엽이 이를 악물며 오더를 내렸다.

발도 그리 빠르지 않으면서 원거리 딜러가 홀로 적진에 간다는 건 무리한 발상이었다.

이나연처럼 빠르고 점프 뛰는 재주가 없는 한은 말이다.

로이 마이어는 허를 찔렸다.

상대가 한국 팀이라는 데서 든 착안이었다.

서문엽과 백하연을 빼면 그다지 위협적이지 않다.

그나마 백하연도 서문엽과 페어를 이루어 견제에 나설 거라는 예측까지 한 것이 틀림없었다.

그 유명한 마법사의 지혜, 로이 마이어의 판단력이 발휘된 한 수였다.

"삼촌, 어떡해?"

"돌아가긴 늦었잖아."

먼 길을 왔다.

이제 와서 소득 없이 그냥 돌아가면 동선 낭비, 시간 낭비였다.

"가자. 영국 놈들 조지러."

서문엽이 독기를 품었다. 이쪽도 영국 진영을 조져 버려야 균형이 맞다.

도착하니 영국 측은 이미 5인씩 2개 조로 짝지어서 사냥 중이었다.

서문엽이 견제 올 거란 알고 조당 2명씩 붙은 탱커들이 삼

엄하게 경계 중이었다.

"틈이 없는데? 스틸이라도 할까?"

백하연이 나직이 물었다.

원래는 그 정도로도 충분했다.

하지만 이제 판이 바뀌었다.

"넌 기다렸다가 혹시 내가 위험해지면 도와줘."

"응?"

서문엽은 단독으로 냅다 뛰어들었다.

이건 기습도 암습도 아니었다.

정면으로 달려든 것이다.

"나타났다!"

영국 측의 탱커 2인이 소리쳤다.

대비는 하고 있었지만, 약간은 당황했을까?

혼자 당당히 정면에서 달려드는 서문엽의 모습에 영국 측은 어수선해졌다.

가까이 접근한 서문엽이 들고 있던 창을 냅다 던졌다.

창이 위로 날아갔지만 정면에 대치한 탱커는 끝까지 방심하지 않고 방패를 들어 올렸다. 갑자기 창이 뚝 떨어져 자신을 노릴 수 있다는 걸 잘 알았다.

하지만 이번에는 정말로 뒤로 날아갔다.

물론 변화를 일으키며 전혀 생각 못 하고 있던 근접 딜러에게 꽂혔다.

"헉!"

몸을 날려 겨우 피한 근접 딜러.

서문엽은 창을 또 꺼내기 위해 뒤로 물러났다.

그 순간을 놓치지 않고 탱커가 달려들었지만, 노렸던 바였다.

쿠웅!!

물러나는 척했던 서문엽이 냅다 들이받았다.

예상 못 했던 타이밍에 들이치니 탱커는 단번에 균형이 무너졌다.

근력이 무려 96이나 되는 탱커였지만, 서문엽도 근력을 증폭해 89였다.

쾅!

"큭!"

방패로 내려찍자 똑같이 방패로 가까스로 가로막는 탱커, 그러나 균형을 잃은 채여서 더욱 위태로웠다.

서문엽은 손을 위로 뻗었다.

휙, 척!

던졌던 창이 되돌아왔다.

콰직!

―서문엽, 1킬.

정면에서 덤벼 탱커를 1킬.

그동안 다른 4인이 놀고 있었던 것은 아니었다. 포위 대형을 갖춰서 서문엽을 둘러싼 것.

그때였다.

─로이 마이어, 1킬.
─로이 마이어, 2킬.

"씨발."

서문엽은 욕이 나왔다.

*　　　　*　　　　*

백하연이 뛰어들어서 포위된 서문엽을 간신히 빼냈다.

넓은 공간이라 혼자 싸우기 여의치 않았으므로 서문엽은 일단 물러나기로 했다.

"이 자식들이 이제 수비적으로 싸우는군."

당연하지만 영국 선수들도 학습 효과가 있었다.

1, 2세트에서 다수로 덤볐어도 서문엽에게 킬당한 주된 이유는 반격에 의해서라는 것을 파악했다.

그래서 반격을 당할 틈을 주지 않도록 신중하게 싸우는 것이다. 다소 소극적이어도 당하지 않는 게 더 중요하니까.

백하연과 함께 후퇴하자 영국 선수들도 뒤쫓지 않았다.

추격하다가 좁은 길목에 접어들면 반격당하기 쉽기 때문이었다.

그때, 안 좋은 소식이 또 들렸다.

―로이 마이어, 3킬.

"죽은 거 누구야!"

짜증 섞인 서문엽의 질문.

―영수가 당했습니다.

채우현이 보고했다.

"원거리 딜러 하나를 왜 못 잡아?"

―워낙 도주 루트를 잘 잡고 있고, 근접전에도 강합니다.

'끙, 그건 그럴 테지.'

로이 마이어의 민첩성이 88이었다.

근력, 지구력, 기술은 낮지만 96이나 되는 오러로 커버 가능하다.

민첩성 88, 오러 96이면 일류 선수는 몰라도 평범한 선수급은 육박전으로도 처리 가능한 실력을 손에 넣을 수 있다.

한국 선수들은 바로 그 평범한 선수 수준도 아슬아슬한 것들이 아닌가?

"어느 쪽으로 도주하는데?"

―북쪽으로 향하고 있습니다.

서문엽은 곰곰이 생각하다가 입을 열었다.

"일단 쫓지 말고 사냥해. 또 올지도 모르니까 정찰로 2명 보내고."

―예.

이어서 서문엽은 백하연에게 말했다.

"하연아, 방금 부딪친 애들 말고 다른 영국 놈들 뭐 하나 정찰해. 아마 로이 마이어와 합류하기 위해 북쪽 루트로 우회하고 있는 게 아닌가 싶다."

"응!"

백하연은 즉시 출발했다.

영국 팀은 세 갈래로 나뉘어 있었다.

하나는 단독으로 한국 진영을 활보하는 로이 마이어.

그리고 5인 1조로 움직이는 무리가 2개 있다. 그중 하나는 방금 서문엽과 싸워 1명이 데스.

'나와 하연이가 이쪽에 있고, 3명이 죽는 바람에 저쪽에 있는 우리 측 본대는 6명뿐이다.'

만약 4인이 서문엽과 싸우는 동안, 다른 5인이 북쪽 루트로 우회해 로이 마이어와 합류한다면?

그럼 더 이상 한국의 본대와 정면충돌해도 무섭지가 않게 된다.

합류하기 전에 아직 혼자인 로이 마이어를 제거하는 게 최선이지만.

'이놈의 약체 팀은 믿을 수가 없구나.'

전원 달려들어 로이 마이어를 사냥하라고 오더를 내렸던 건 서문엽이었다.

하지만 서문엽은 로이 마이어에 대해 잘 몰랐다.

영상을 많이 보고 분석했지만, 아일랜드 대표 팀 시절 받쳐주는 동료 없이 홀로 분투를 벌이던 로이 마이어의 활약은 보지 못했던 것이다.

단독 행동하는 일에 익숙하다는 것을 미처 고려하지 못한 게 실수라면 실수였다.

사실 진짜 실책은 전원이 몰이사냥에 나섰는데 거꾸로 3킬 당한 한국 대표 팀이지만 말이다.

잠시 후, 정찰 떠난 백하연이 보고했다.

―북쪽 루트로 이동하고 있어. 로이 마이어와 합류하러 가는 것 같아.

예상대로였다.

서문엽은 결단을 내렸다.

"채우현, 잘 들어."

―예.

"로이 마이어가 동료들과 합류해서 너희를 죽이러 쫓아다닐 거야."

채우현의 긴장한 숨소리가 전달되었다.

"너희는 반시계 방향으로 도망 다니면서 사냥 포인트를 축적해. 너희의 목표는 최대한 오래 살아남는 거야. 알았어?"

—예.

"하연이는 놈들을 계속 쫓아다니면서 위치 파악해. 너도 최대한 오래 살면서 적의 위치를 알려줘야 해."

95의 속도와 순간 이동을 지닌 백하연에게 딱 적합한 임무였다.

—알았어.

"난 최대한 놈들을 조지면서 숫자를 줄일 거야. 그동안 너희가 최대한 생존해야 해."

서문엽이 그린 그림은 양측이 서로의 꼬리를 물며 잡아먹으려 하는 2마리의 뱀 같은 구도였다.

'최종적으로 3 대 1 구도만 되어도 성공이다.'

결국 다 죽고 서문엽 자신이 홀로 남았을 때, 영국 팀의 숫자가 3명 이내라면 이 작전은 성공이라고 생각했다.

그 정도로 지금 상황은 불리했다.

그렇게 기상천외한 경기가 펼쳐졌다.

서문엽이 계속해서 영국의 선수 4인을 습격했고, 로이 마이어는 아군과 합류해 채우현이 이끄는 한국 팀 본대를 쫓았다.

—서로가 서로의 꽁무니를 뒤쫓는 형국입니다.

—도주 및 장기전 전략을 택한 한국! 로이 마이어가 뒤쫓지

만 영국 또한 서문엽에게 공격받고 있기는 마찬가지입니다.

―로이 마이어도 서두르고 싶을 겁니다. 하지만 한국 선수들이 아주 잘 도망 다닙니다. 백하연 선수가 계속 적의 위치를 파악하고 알려주기 때문이죠!

―백하연 선수가 정말 위험한 역할을 수행 중입니다. 역시 파리 뤼미에르 BC의 선수다운 모습입니다.

백하연은 발이 느린 영국 팀이 잡으려야 잡을 수가 없었다.

홀로 다니느라 괴물들과도 자주 마주쳤지만, 채찍을 활용해 매달려서 날아다니거나 순간 이동을 적절하게 활용해 피해 다녔다.

덕분에 채우현은 동료들을 이끌고 적이 쫓아오기 힘든 루트로 도망 다닐 수 있었다.

그리고 서문엽은.

파앗!

수시로 창을 날려서 영국 선수들을 위협하고 사냥을 스틸했다.

영국 선수들은 4명이나 있지만 제대로 싸우기보다는 방어에 최선을 다하는 소극적인 모습이었다.

―살아남는 것이 우선이다.

로이 마이어의 오더가 떨어졌기 때문이다.

섣불리 맞서 싸우다가 서문엽을 죽일 수 있다는 욕심이 들

어 과감하게 공격한 순간, 기다렸다는 듯 반격에 목숨을 잃을
수 있었다.

그 때문에 서문엽은 계속 영국 팀을 괴롭혀 봤지만 쉽게 킬
을 딸 기회를 보지 못했다.

'괴물들이 쏟아진 틈을 타 혼란을 노려보면 좋지만……'

아쉽게도 영국 측은 괴물의 출현 빈도가 낮은 구간만 골라
다니고 있었다.

그렇다면.

'없는 혼란을 내가 만들어내야지.'

서문엽은 즉각 움직였다.

일단 만인릉의 중심부로 향했다.

중심부는 황제가 기거하는 궁전이 있었다.

이 던전에서 출현하는 가장 무서운 괴물들도 이곳에 대기
하고 있다.

본래는 더 시간이 흘러야 궁전에서 괴물 근위대가 파견되지
만, 그걸 억지로 끌어낼 생각이었다.

서문엽은 던지기에 증폭을 걸고서, 창을 무제한으로 던지
기 시작했다.

파앗! 파앗! 팟!

창이 잇달아 날아들며 궁전을 지키는 스켈레톤 근위병을
맞혔다.

퍼걱! 빠각!

돌아온 창을 다시 던지며 8자루의 창을 로테이션으로 던지는 서문엽의 필살기!

'오러 소모를 최대한 피하고 싶었지만 어쩔 수 없지.'

장기전을 노린 이상 최후의 순간을 위하여 오러를 최대한 비축하고 싶었다.

그러나 지금은 특단의 조치를 내려야 할 때라고 판단했다.

서문엽의 요란한 필살기는 확실히 효과적이었다.

궁전에서 이를 좌시하지 않고 스켈레톤 근위대를 출동시킨 것.

자주 나타나는 경비대보다 훨씬 강한 정예부대였다.

은빛으로 번쩍이는 갑옷이 이를 증명했다.

척! 척! 척! 척!

백여 켤레의 군화가 일으키는 발소리가 소름 끼치게 균일했다.

칼 같은 제식 군기.

5m나 되는 길이에, 붉은 빛깔의 창날이 달린 독특한 장창.

붉은 망토까지.

근위대가 서문엽을 향해 똑바로 진군하고 있었다.

"자, 쫓아와라."

서문엽은 근위대를 4명의 영국 선수가 있는 쪽으로 유인했다.

영국 통합 대표 팀에 웨일즈 출신의 개리 윌리엄스라는 선수가 있다.

34세의 베테랑 근접 딜러.

주무기는 도끼지만 특이하게도 장궁도 들고 다녀서 유사시 원거리 딜러 역할도 수행한다.

적성에 따라 근접 딜러가 됐지만, 어렸을 적부터 7영웅의 활잡이였던 엠레 카사의 팬이었기 때문이었다.

활에 대한 집착을 놓지 않아서였을까.

그는 특이한 초능력을 각성할 수 있었다.

바로 '강화된 시력'이었다.

초인은 대체로 시력이 좋지만, 그는 강화된 시력에 의해 몇 배나 좋은 눈을 가졌다.

심지어 일부러 사용하지 않아도 평상시에 유지되는 패시브 초능력이었다.

그 시력이 아니었으면 국가 대표로 뽑히지 못했을 테니, 장궁을 놓지 않았던 그의 선택이 결과적으로 옳았다.

팀의 정찰을 전담하는 개리는 계속 아군의 주위를 배회하며 주변을 살피고 있었다.

멀리까지 내다보는 그의 시야는 중심부 궁전에서 출동한 근위대를 포착했다.

"근위대 출동. 동쪽으로 향하고 있다."

아직 근위대가 나타날 시기가 아니었으므로 이상하게 여겨졌다.

─서문엽이군. 그쪽으로 근위대를 끌고 가니 주의하도록.

로이 마이어는 곧바로 상황을 파악하고 경고했다.

─알았다.

동쪽 지역에서 서문엽과 드잡이하던 4인조가 대답했다.

그러자 듣고 있던 개리가 제안했다.

"내가 서문엽을 감시하는 건 어때?"

─안 돼, 한국 본대의 위치를 파악하는 데 필요해.

"어차피 그쪽은 반격할 의욕이 전혀 없어. 지금 한국 팀에서 공격할 의지가 있는 사람은 서문엽밖에 없잖아?"

개리가 말했다.

─음…….

로이 마이어도 그 의견에 고민했다.

베테랑답게 타당한 의견이었다.

한국 측이 백하연을 정찰에 활용하듯, 이쪽은 개리가 서문엽의 위치를 수시로 파악해 위험을 경고하는 역할을 하는 것.

─오케이. 맡아줘.

"알았어."

─단, 섣불리 저격하려 하지 마. 무조건 조용히 감시만 해야 해.

장궁을 쓰고 싶어 하는 개리의 저격 본능을 자제하라는 주문이었다.

"알아. 나도 벌써 프로 18년 차야."

개리보다 배틀필드 경력이 오래된 선수는 세상에 없었다.

배틀필드가 탄생한 2006년, 17세에 선수 생활을 시작했기 때문이다.

던전 공략가가 되기 위해 어려서부터 조기교육을 받았지만, 서문엽이 인류를 구하는 바람에 15세에 좌절을 겪었다.

그러나 다행히 배틀필드가 탄생한 덕에 조기교육은 헛되지 않았다.

잃었던 꿈을 되찾은 덕에 개리는 지금까지 정력적으로 선수 생활을 해올 수 있었다.

개리 윌리엄스가 서문엽이 있는 동쪽 지역으로 향했다.

워낙 시력이 좋았던 탓에 조금만 이동하자 높은 위치에서 서문엽을 볼 수 있었다.

'이동 중간에 백하연과 마주쳤다. 내가 이쪽에 왔다는 게 서문엽에게도 알려졌을 거야.'

서문엽은 어마무시한 장거리 투창이 가능하므로, 멀리 떨어져 있다고 제3자 입장인 것처럼 긴장 풀어서는 안 된다.

'이 긴장감 너무 좋군.'

마치 저격수들의 대결 같지 않은가?

하지만 이내 개리는 웃었다.

'불공평한 대결이지만.'

그는 서문엽의 몇 배나 되는 시력을 가졌다.

저쪽은 자신을 못 보는데 공평할 리 없다.

개리는 장궁을 꺼내 들었다.

철컥!

오러를 주입하자 좌우로 살이 튀어나오는 최신형 장궁.

합금 화살을 한 대 꺼내 시위에 먹이며 개리는 기회를 엿봤다.

당부대로 자제할 생각이지만, 아군이 위험하면 언제든 지원 사격 할 것이다.

서문엽이 건물 뒤편으로 움직이는 바람에 시야에서 사라졌다.

'역시 내가 감시하고 있다는 걸 아는군.'

어느 방향에서 감시하는지도 알고 시야의 사각으로 정확하게 이동하는 서문엽.

그의 똑똑함이 본능적으로 느껴졌다.

'하지만 구체적으로 내가 어디에 있는지는 모를 것이다.'

개리는 오랜 경험을 통해 시야의 우위를 이용할 줄 알았다.

이쪽에서 볼 수 없으니, 저쪽도 이쪽을 보지 못한다.

그 틈에 개리는 빠르게 이동했다.

다른 방향에서 서문엽을 감시하기 위함이었다.

서문엽은 근위대를 유인하고 있어서 자신과 두뇌 싸움 하고 있을 여유가 없을 터였다.

"서문엽은 동쪽 3구역으로 갔다. 근위대도 그쪽으로 간다. 나도 이동한다. 유사시 지원사격을 해주지."

개리는 이동 중에 동료들에게 말했다.

ー서문엽에게 위치를 들키지 마.

로이 마이어의 연이은 경고.

"절대 안 들켜. 저쪽은 날 못 보고 있다고."

들킨다면 어쩔 텐가?

서문엽이 아무리 창을 잘 던져도 피하면 그만이었다.

그런데 그때였다.

ー개리, 조심해!

"웅?"

4인조 쪽에서 소리쳤다.

무언가를 발견한 모양이었다.

개리는 곧 그 경고의 의미를 깨달았다.

쉬이이익!!

쉬이익!

무려 4자루나 되는 창이 날아오고 있었다.

어떤 건 직선, 어떤 건 포물선, 어떤 건 불규칙한 궤적을 그리며 날아들었다.

5자루, 6자루…….

서문엽이 계속 창을 던지는 듯했다.

"허억!"

기겁을 한 개리는 감시 포인트로 삼았던 첨탑 위에서 뛰어내렸다.

그러나 뒤늦게 던진 7, 8번째 창은 뛰어내릴 것을 계산하고서 던져졌다.

'말도 안 되는! 보이지도 않았을 텐데?!'

콰직!

ㅡ서문엽, 2킬.

개리 윌리엄스는 허무하게 서문엽의 킬 제물이 되었다.

그는 확실히 서문엽의 시야에 노출된 적이 없었다.

다만 실수가 있다면, 서문엽이 '적에게 들키지 않고 감시하기 좋은 곳'이라고 생각했던 지점에 정확히 있었다는 사실뿐이었다.

저기 있겠거니 싶어서 마구 던진 창에 맞은 것이었다.

*　　　*　　　*

'진짜 맞았네.'

서문엽은 3세트 시작 후 처음으로 웃었다.

보지 않고 마구 던졌지만, 그렇다고 아예 운에 기댄 건 아니었다.

처음 것은 천천히, 갈수록 빠른 속도로 던져서 창들이 동시에 목적지에 도달하도록 안배했다.

결국 피할 곳이 없어 뛰어내리게끔 설계된 연속 투창이었다.

증폭은 던지기에 썼으므로, 순전히 기술 100인 자신의 테크닉만으로 펼친 슈퍼 플레이였다.

'이 진가를 관중들이 알아주기는 할까?'

조승호의 시력 전달과 함께 장거리 투창을 하면서 구상한 플레이인데 이렇게 써먹을 줄은 몰랐다.

'앞으로도 종종 써먹어야겠다.'

*   *   *

—서문엽 2킬!! 정말 드라마틱한 킬이 나왔습니다!

—보이지도 않았을 텐데 킬을 기록하다니요! 개리 윌리엄스 선수가 저곳에 있다는 걸 확신하고 던진 거였습니다. 투창의 컨트롤도 컨트롤이지만 판단력이 정말 예술입니다! 이번 킬은 아주 큽니다!

—예, 영국 팀의 눈이 되어주었던 개리 선수가 킬을 당했습니다. 한동안 영국 팀의 우세로 흐르고 있었는데 분위기가 확 바뀌었어요!

"와아아아아아!!"

"역시 서문엽이다!"

"지렸다! 서문엽 만세!"

"서문엽! 서문엽! 서문엽!"

수만 관중들이 신이 나서 서문엽의 이름을 연호했다.

로이 마이어의 단독 침투로 허를 찔린 대한민국 대표 팀이 불리한 흐름으로 가고 있어 답답했던 차였다.

그 분위기를 바꿔놓은 한 방이었다.

접속 모듈에서 나오는 개리 윌리엄스의 넋 놓은 표정이 대형 스크린에 포착되었다. 자신이 데스당했음은 인지했지만, 아직도 믿을 수 없다는 표정이었다.

간만에 나온 이런 명장면을 놓칠 리 없었다.

로이 마이어의 3킬도 여러 번 보여줬듯, 방금 기록한 서문엽의 2킬 장면도 느린 화면으로 재생되었다.

첫 번째로 던진 창부터 여섯 번째 창까지.

여섯 자루의 창이 동시에 첨탑에 도달한 것이 압권.

─와! 보셨습니까? 창 날아가는 속도를 조절해서 여섯 자루의 창이 모두 동시에 도달하게 만들었습니다. 피할 곳이 없어 뛰어내릴 수밖에 없게 설계된 정교한 투창이에요!

─그리고 뛰어내린 것을 감안하여 두 자루의 창을 던졌죠.

운이 좋았지만, 단지 운만으로 이루어진 킬이 아닙니다! 서문 엽 선수의 입장에서는 부상만 입혀도 성공이었는데 대성공이 었던 것이죠!

개리 윌리엄스도 자신이 죽은 장면을 보면서 아 하고 감탄을 했다. 투창도 예술이었지만 자신의 위치를 훤히 꿰뚫고 있었으니 완패였다.

ㅡ이러면 영국 선수들은 답답해집니다. 이제 한국 팀의 움직임을 볼 수가 없거든요.
ㅡ우리 선수들은 백하연 선수가 로이 마이어 일행의 위치를 아주 잘 감시하고 있습니다. 이러면 도망치기가 더 편해요.

그뿐만이 아니었다.
서문엽이 노리고 있는 영국 선수 4명도 위기가 닥치고 있었다. 유인당한 스켈레톤 근위대가 동쪽 지역 일대에 도착한 것이다. 모습을 감춘 서문엽을 찾아 길목을 샅샅이 뒤지고 있어 충돌은 불가피했다.
그래 봤자 한낱 사냥감일 뿐이지만, 혼란을 노리고 덤빌 서문엽의 기습이 두려웠다.

ㅡ서문엽 선수가 저 4명을 모두 잡아먹을 수만 있다면 8 대

5로 충분히 유리한 싸움이 됩니다.

─영국 대표 팀 선수 4명을 전부 킬하라니 다소 황당한 주문이지만, 서문엽 선수는 할 수 있습니다! 서문엽 선수도 그럴 생각이고요.

─이러면 이제 시간은 영국의 편이 아닙니다. 로이 마이어, 판단을 내려야 합니다. 마법사는 이번엔 어떤 지혜를 내놓을지?!

로이 마이어는 당황하고 있지 않았다.

그가 즉시 내린 판단은 다음과 같았다.

서쪽에 위치한 2구역 경비 초소로 향하여서 그곳에 있는 모든 스켈레톤 경비원을 처치한 것.

2구역 경비 초소 안에 있는 던전 코어까지 파괴하자.

쿠르르릉!

─2구역이 붕괴됩니다. 60초, 59초, 58초…….

시작되는 카운트다운.

만인룡은 각 구역에 코어가 있어 이 코어를 부숴야 지역이 붕괴되는 방식이었다.

로이 마이어의 판단은 바로 던전 각 구역을 파괴해 버리는 것.

구역을 없애서 채우현이 이끄는 한국 팀 본대가 도망갈 곳을 제한시킬 속셈이었다.

―로이 마이어가 판단을 내렸습니다. 2구역을 파괴하네요.

―구역을 파괴하며 도망칠 곳을 줄여 나가는 판단입니다. 코어를 파괴해 사냥 포인트도 대량 획득하고, 숨통도 조여 나간다는 뜻이죠.

―장기전을 생각하는 거네요?

―그렇습니다! 사냥 포인트를 잘 먹고 세지겠다 이겁니다. 상대가 도망칠 곳도 없어지니 일석이조죠. 좋은 판단입니다!

다음은 그 아래인 남서쪽에 있는 3구역까지 공략하는 로이 마이어 일행.

그 틈에 채우현 일행도 도주를 멈추고 사냥에 집중했다.

그들도 도망만 칠 수는 없었다.

성장이 망해 버리면 살아 있어도 한 타 싸움에서 도움이 안 되니까.

하지만 로이 마이어는 홀로 3구역을 사냥하고 일행 4명에게는 한국 팀을 계속 쫓게 했다.

백하연이 정찰로 이를 알려주니, 채우현은 다시 일행을 이끌고 도주해야 했다.

로이 마이어는 3구역을 쓸어버리며 사냥 포인트를 독식했다. 그 결과 그의 몸이 3단계인 붉은 광채에 휩싸였다.

그뿐만이 아니었다.

3구역 첨탑 지하에 보호되고 있던 던전 코어를 부수는 데 성공.

—3구역이 붕괴됩니다. 60초, 59초, 58초……

사냥 포인트를 대량 획득하며 로이 마이어의 붉은 광채는 더욱 흉흉해졌다.

—로이 마이어 선수가 거의 4단계 검은색에 이르기 직전입니다. 사냥 포인트를 획득할수록 그간 소모했던 오러도 다시 회복되고, 무엇보다 검은색의 아이리시 위저드는 괴물입니다!

—3킬을 하고 3구역도 혼자 다 먹었어요. 이대로 성장해서 한 타 싸움 때 힘을 발휘하겠다는 뜻입니다. 검은색 단계에 이르러 눈보라를 펼치면 서문엽 선수도 견디기 어려워져요.

—우리 선수들은 계속 피해 다니기만 하는데요. 아무래도 다른 조치가 필요하지 않을까요?

—말씀하신 순간, 서문엽 선수도 움직입니다!

서문엽도 전투를 개시했다.

스켈레톤 근위대가 도처에 깔려 있어 전투를 치르는 틈을 타서 서문엽이 덤벼든 것이다.

파앗!

"막아!"

까아앙!

탱커가 나서서 방패로 막아냈다.

궤도가 휘어지는 투창이었는데, 일류 탱커답게 방패가 끝까지 쫓아가서 잘 막아냈다.

덩치는 산만 해서는 신중하게 방어만 하는 탱커의 태도에 서문엽은 울컥했다.

어디 이것도 한번 막아보라고 아까처럼 창들을 한꺼번에 던지고 싶었지만 참았다.

'오러는 아껴야 해.'

억지로 밀어붙인다면 저 4명을 다 죽일 수도 있을 것이다.

하지만 그러고 나면 서문엽도 오러가 바닥난다.

오러가 회복될 때까지 힘을 쓸 수 없는데, 그럼 영국의 세상이나 마찬가지였다.

서문엽은 조급함을 버리고 신중히 접근했다.

주위에 있는 스켈레톤 근위병부터 사냥했는데, 사냥 속도가 영국 선수들과 큰 차이가 나서 한눈에 비교됐다.

콰직! 빠가각!

오러를 사용하지 않고 최소한의 테크닉으로 스켈레톤 근위병을 죽여 나갔다.

서문엽은 언데드 몬스터에 강했다.

스켈레톤 근위병이 펼치는 창술을 다 파악하고 있었기 때문에 피하거나 빗겨내기가 손쉬웠다.

그 모습이 겉보기에는 퍽 아슬아슬했다. 조금의 오차가 나도 죽거나 크게 다칠 수 있었다. 기술이 정점에 이른 서문엽이니 보일 수 있는 사냥 속도였다.

빠르게 주변을 정리.

여유가 생기자 아직 근위병과 싸우는 영국 선수들을 다시 노릴 수 있었다.

창 세 자루를 연달아 던졌다.

팟! 파앗! 팟!

노리는 것은 탱커와 떨어져 있는 근접 딜러.

하나는 일직선으로, 나머지 둘은 스크루를 그리며 날아갔다.

정신을 바짝 집중한 근접 딜러는 검을 휘둘러 첫 번째 창을 쳐냈다.

예측 불허의 궤도로 날아드는 두 번째 창 또한 마지막까지 집중하며 피했다.

하지만 마지막 하나를 쳐내려고 검을 휘둘렀을 때, 근접 딜러는 타이밍이 꼬여 반응이 굼떠졌다.

콰지직!

"끄악!"

왼쪽 다리에 창이 박혀 주저앉은 근접 딜러.

서로 다른 궤도로 던진 것뿐만이 아니었다.

창이 날아가는 속도를 제각기 다르게 해서 템포가 꼬이게 만든 것이 서문엽의 진짜 노림수였다.

"크아아아!!"

다친 근접 딜러는 서문엽이 달려오는 것을 보자 이미 틀렸다고 생각했는지 최후의 저항을 각오했다.

근접 딜러의 초능력은 다섯 가닥의 칼날.

모든 오러가 검에 집중된 채 다섯 가닥의 칼날이 되어서 넘실거렸다.

하나하나의 길이만도 족히 4m 이상.

하지만 서문엽은 개의치 않고 달렸다. 이미 분석안으로 어떤 초능력을 갖고 있는지 알고 있었다.

"죽어!"

근접 딜러가 다섯 가닥의 칼날을 휘둘렀다.

정면에서 방패로 막으려면 서문엽도 오러 소모를 각오해야 할 위력.

그러나 그 순간 서문엽이 점프했다.

공중에서 몸을 비틀며 다섯 가닥의 칼날이 베지 못한 틈바구니로 절묘하게 빠져나갔다.

말도 안 되는 곡예.

하지만 오러를 훨씬 변화무쌍하게 사용하는 지저인들과 숱하게 싸워온 서문엽에게는 그리 어려운 동작이 아니었다.

'말도 안 되는!'

아바타가 소멸되기 전에 근접 딜러가 생각한 한마디였다.

퍽!

—서문엽, 3킬.

방패로 마무리하며 드디어 3킬째를 거둔 서문엽.

사냥 포인트가 쌓이자 몸이 붉은빛에 휩싸였다.

킬을 쌓아나가는 서문엽.

하지만 시간은 한국 편이 아니었다.

로이 마이어 일행이 몰이사냥으로 채우현 일행을 치려고 했기 때문이었다.

—둘, 둘, 하나로 세 길목을 막으면서 가고 있어!

백하연이 열심히 정찰하며 다급히 보고했다.

—하나는 로이 마이어지?

채우현의 질문.

—당연하지! 북쪽으로 가! 루트는 거기밖에… 어?!

백하연이 갑자기 당황한 소리를 냈다.

세 갈래로 나뉘어 이동하던 영국 선수들이 돌연 방향을 돌린 것이다.

몰이사냥이 맞긴 하지만 타깃은 채우현 일행이 아니었다.

―아, 망했다! 타깃이 나야!

백하연이 소리쳤다.

그랬다.

로이 마이어는 백하연을 잡기 위해 설계한 것이다.

지금까지 계속 정찰을 허용한 것만으로도 충분히 불편을 감수한 영국 대표 팀이었다.

듣고 있던 서문엽은 혀를 차며 말했다.

"하연아, 최대한 시간 끌어. 나머진 북쪽 루트로 이동, 나와 합류한다."

―응!

"되도록 로이 마이어한테 킬 주지 마!"

―노력할게.

하지만 백하연은 그 오더를 따를 수 없었다.

로이 마이어가 가장 먼저 접근, 얼음벽을 치며 도주로를 가로막은 것이다.

팟!

순간 이동을 써서 얼음벽을 통과한 찰나, 백하연은 발밑에 있는 둥그런 원을 발견했다. 얼음 봉인의 표식이었다.

급히 왼쪽으로 몸을 틀었다.

그러나 표식도 왼쪽으로 움직였다.

표식을 조종하는 로이 마이어의 컨트롤이었다.

쩌저저적!

결국 백하연은 얼음 속에 갇히고 말았다.

봉인이 풀리자마자 순간 이동을 쓰려 했지만.

콱!

먼저 지팡이의 칼날에 찔려 데스.

—로이 마이어, 4킬.

그사이 다른 일행은 채우현 일행을 쫓고 있었다.

"북쪽 루트를 막아."

로이 마이어는 서문엽의 머릿속을 읽은 것처럼 오더를 내렸다.

—로이, 윈햄이 당했어!

로이 마이어는 비보에도 미소를 지어 보였다.

'그래도 내가 한 발씩 앞서고 있군.'

이제 한국 측도 정찰을 담당할 사람이 사라졌다.

"계속 버텨. 우리도 그쪽으로 간다."

정찰이 사라졌으니 한국 측은 도망치는 데 한계가 있다.

구역도 계속 파괴되니 어디로 도망치든 금방 막다른 길에 몰린다.

그럼 차라리 서문엽과 합류해 함께 움직이는 편이 차라리 나을 터.

그렇다면 환영이었다.

적이 한데 모였을 때 한 타 싸움을 열 생각이었다.

'자신 있다.'

로이 마이어는 검은색 광채에 휩싸여 있었다.

선수마다 가장 강해지는 시기가 따로 있다.

서문엽은 초반에 가장 강하다. 공수 밸런스가 완벽하고 테크닉이 완벽하며 오러 소모가 적은 던지기로 상대를 잘 괴롭힌다.

약점은 후반.

초능력이 던지기 하나뿐인데, 이는 사냥 포인트가 많이 쌓여서 오러가 더 강력해지는 후반에도 위력이 그다지 차이가 없다.

하지만 로이 마이어는 그와 정반대였다.

초능력 하나하나가 스케일이 너무 커서 오러 소모도 방대하다.

때문에 초반에 상대적으로 약하다.

하지만 사냥 포인트로 오러가 점차 늘기 시작하면서 서서히 위력이 배가된다.

4단계인 검은색 광채를 띨 때부터 로이 마이어는 괴물이 된다.

지금부터가 가장 자신 있을 때라는 것이었다.

'시간을 끌고 싶다면 그것도 좋지. 하지만 그사이에 내가 흰색이 되면 곤란할걸?'

마지막 5단계인 흰색까지 갔을 때는 져본 기억이 없었다.

한국 대 영국 A매치, 3세트.

경기는 슬슬 마지막으로 치닫고 있었다.

*　　　*　　　*

서문엽은 채우현 일행을 이쪽으로 부를 수밖에 없었다.

이유는 두 가지.

하나는 백하연이 데스당했다.

더 이상 적의 위치를 파악할 수 없으니 위험했다.

백하연 대신 그런 위험한 역할을 소화할 수 있는 선수가 한국에 없었다.

그리고 두 번째 이유.

'이 새끼들, 생각보다 더 허접하네.'

대한민국 대표 팀의 처참한 기량에 서문엽은 학을 뗐다.

분석안의 수치가 모든 것을 다 말하진 않는다.

팀워크와 경험 등 분석안에 안 보이는 중요한 요소도 많다.

서문엽이 기대를 걸고 있었던 점도 그런 부분.

지금 와서는 대체 무슨 기대를 했을까 하는 한숨뿐이었다.

'수치화되지 않은 기량은 더 형편없구나.'

경험이 없었다.

강팀을 상대해 본 경험이 없으니, 오히려 자기들 능력치보다 더 형편없는 게임을 했다.

부익부 빈익빈의 배틀필드 버전이라고 해야 할까?

세계적인 약체 주제에 강팀을 상대하는 약팀의 방식도 몰랐다.

서문엽이 혼자 영국 선수 5명을 상대하는 동안, 한국 대표팀은 로이 마이어 한 사람에게 탈탈 털렸다.

그때 이미 승부는 기운 것이나 다름없었다.

그래서 풍비박산 나기 전에 차라리 합류하는 길을 택한 것이다. 사냥 포인트 격차가 더 벌어지기 전에 한 타 싸움을 해 보자는 심정이었다.

'그때까지 한 놈이라도 더 줄이자.'

서문엽은 눈에 불을 켜고 영국 선수들을 치열하게 몰아붙였다.

참 얄밉게도 그럴수록 영국 탱커는 클래식 탱커의 강점인 탄탄한 방어력을 자랑했다.

스켈레톤 근위병과 서문엽의 공세를 막아내며 동료를 보호하려고 애썼다.

근접 딜러 2명도 간간히 서문엽을 견제하는 공격을 펼치며 대항했다.

3인이 딱딱 맞는 호흡으로 질서 있는 저항을 하니 서문엽도 쉽사리 킬 기회를 못 봤다.

적의 기량과 목적을 아는 이상, 영국 국가 대표 정도쯤 되는 선수들이 쉽게 당할 리 없는 것이다.

오히려 지금까지 서문엽 한 사람에게 5명이 붙잡혀 있었던 것이 망신이었다. 그 와중에 3킬까지 당했으니 말이다.

하지만 어쨌거나 로이 마이어의 계획대로 마지막 순간은 다가왔다.

8 대 7.

수적으로도 한 명 불리한 채로 한 타 싸움이 벌어졌다.

서문엽은 정신을 빠짝 집중했다.

백하연도 없는 이상 믿을 건 자기 자신밖에 없었다.

팀원들에게는 뭉쳐 있지 말고 끊임없이 움직이라고만 지시해 놓고, 서문엽은 전투에 몰두했다.

민첩성을 증폭.

그 뒤에 한 번에 앞으로 뛰쳐나가며 적과 거리를 좁혔다.

깜짝 놀란 상대측 탱커가 사각 방패를 들어 올리고 방비한다.

빈틈이 잘 안 보인다.

'그렇다면?'

순간적으로 서문엽은 근력을 증폭시키고서 온몸으로 부딪쳤다.

쿠우웅!

근력이 약한 서문엽이 몸통 박치기를 하는 일은 드물기 때문에 탱커는 놀랐다. 하지만 빅 리그 레벨의 클래식 탱커답게 밀리지 않는다.

몸싸움을 비비면서 서문엽은 창을 들었다.

이번엔 기술을 증폭.

서문엽은 탱커와 밀착한 채로, 있는 힘껏 점프했다. 그리고 창을 던졌다.

창은 탱커의 머리 위를 지나가 뒤편에 있던 근접 딜러에게 쏘아졌다.

탱커 바로 뒤에 있었던 근접 딜러는 자신이 안전지대에 있다고 판단하고 있었다.

그래서 최대 속력으로 날아드는 창에 대응하지 못했다.

콰아악!

―서문엽, 4킬.

놀라운 슈퍼 플레이에 영국 선수들은 입을 다물지 못했다.

클래식 탱커와 몸싸움을 비비고 있으면서 뒤에 있는 딜러를 창으로 맞히다니?

그런 플레이는 듣도 보도 못했던 것이다.

'뭔가 알 것 같다!'

서문엽은 온몸에 끓어오르는 전율을 느꼈다.

성취감뿐만이 아니었다.

방금 자신의 몸이 펼친 플레이가 지금껏 체감하지 못했던 높은 수준이었기 때문이다.

새로운 세계를 만난 환희.

그 새로운 세계로 가는 길은 한 가지 답이었다.

'빠른 증폭 전환!'

뛰어들 때 민첩을.

밀어붙이며 근력을.

창 던질 때 기술을.

필요한 순간에 필요한 능력치를 신속하게 증폭시킨 결과였다.

순간적으로 민첩성 107, 근력 89, 기술 110을 가진 선수가 되었던 것이다.

물론 단점도 있다.

증폭도 오러가 소모되는 초능력이라는 사실이다.

하지만 여기서는 아낄 오러 같은 건 없었다.

서문엽은 여전히 기술을 증폭한 채로 눈앞에 있는 탱커와 육박전을 펼쳤다.

밀착된 채로 치열하게 진행되는 몸싸움.

탱커들의 몸싸움은 단순히 덩치로 밀어붙이는 대결이 아니었다. 배틀필드에서 가장 치열한 대결 공간이다.

사각 방패를 손으로 뜯어내며 짧게 쥔 창을 쑤셔 넣으려는 서문엽.

탱커가 허둥거리며 뿌리쳤다.

그 순간.

파앗!

몸을 납작 바닥에 뉘인 서문엽이 땅을 쓸어가는 듯한 낮은 발차기로 발목을 후려쳤다.

픽!

"헉!"

탱커의 몸이 비틀거렸다.

잃은 균형을 재빨리 되찾는 것도 클래식 탱커의 전통적인 강점이지만, 이번에는 서문엽이 더 빨랐다.

민첩을 증폭시켜 재빨리 몸을 일으킨 후에.

근력을 증폭시켜 몸통 박치기!

쿠우웅!

다시 한번 밀어붙여서 탱커를 쓰러뜨렸다.

쓰러진 탱커를 킬시키려고 욕심내지 않았다.

그냥 지나쳐서 공격에 노출된 다른 근접 딜러들을 습격했다.

서문엽에 의해 영국 선수의 포메이션이 무너진 순간이었다.

그러나 그때였다.

쏴아아아아아아아!!!

폭풍이 몰아치는 듯한 굉음이 울려 퍼졌다.

"크악!"

"버텨!"

"벗어나!"

아우성치는 한국 선수들에게 거센 눈보라가 정통으로 쏟아진 것이다.

―로이 마이어, 5킬.

―로이 마이어, 6킬.

2명이 한꺼번에 죽었다.

그렇다.

어디까지나 한 타 싸움의 꽃은 범위 공격형 초능력을 지닌 원거리 딜러였다.

로이 마이어의 몸이 흉흉한 칠흑색에 휩싸였다. 2킬로 인해 검은색 광채가 더 짙어졌다.

눈에 불을 켠 서문엽이 로이 마이어에게 덤볐다.

로이 마이어는 그에게 왼손을 뻗었다.

금방이라도 눈보라가 쏟아질 것 같은 상황.

그러나 격돌하려는 순간, 로이 마이어는 눈보라 대신 얼음벽을 펼쳤다.

얼음벽이 대각선으로 전장을 가로질렀다.

서문엽은 얼음벽에 튕겨 뒤로 물러났다.

그리고 그 직후 발밑에 보이는 둥그런 원을 발견했다.

얼음 봉인의 표식이었다.

서문엽은 순간적으로 민첩을 증폭시켰다.

그리고 표식을 피해 좌우로 무빙!

로이 마이어도 표식을 컨트롤하며 서문엽을 뒤쫓았지만 움직임을 따라잡기가 쉽지 않았다.

'저렇게 빠르다니!'

로이 마이어는 미세한 표식 컨트롤에 진땀을 흘렸다.

그의 천적이라 할 만한 사람은 바로 나단 베르나흐였다.

얼음벽을 써도 둘로 나뉜 몸이 양쪽에 있으면 전술적 가치가 떨어진다. 얼음 봉인을 써도 분신을 해제하면 그만.

거기다가 얼마나 민첩한지 초능력으로 맞히기도 쉽지 않았다.

하지만.

'베르나흐도 이 정도로 빠르지는 않았어!'

서문엽은 표식을 피해 끊임없이 움직이면서 다른 영국 선수들을 습격했다.

잠시라도 한 자리에 머물면 표식에 따라잡혀 얼음 속에 갇힌다.

그래서 계속 휙휙 방향을 전환하며 이 선수, 저 선수를 건드리고 다녔다.

결과적으로는 영국 선수들은 정신이 하나도 없게 되었다.

한 타 싸움에서 괴력을 발휘하는 로이 마이어까지도 표식을 조종하느라 여유가 없는 상황.

급격히 불리했던 한 타 싸움의 흐름이 갑자기 대한민국 대표 팀에게 왔다.

"혁아! 밀어붙여!!"

채우현이 최혁에게 소리쳤다.

최혁은 알아들었다는 듯 고개를 끄덕였다.

채우현이 먼저 달려들었다.

영국 탱커와 부딪치면서 곧바로 둔화를 펼쳤다.

탱커는 자신의 몸이 느려지자 움찔했다. 그 탱커는 오러가 81로 82인 채우현보다 미세하게 아래여서 둔화의 타깃이었던 것.

그 틈에 최혁이 뒤이어 돌격했다.

"크아아아!"

그것은 영국전에 대비해 치열하게 연습했던 가짜 탱커 전술의 축소판이었다.

적진 안에 침투한 최혁이 로이 마이어를 향해 달려들었다.

근접 딜러 1명이 가로막았다.

그러나 남은 한국 선수들도 일제히 달려들자 당혹했다.

얼음벽 때문에 영국 선수들도 나뉘어서 더는 도와줄 동료가 없는 상황.

하는 수 없이 로이 마이어는 얼음 봉인을 포기했다.

대신 분노한 눈길로 한국 선수들에게 눈보라를 퍼부었다.

"다 죽어라!"

파아아아아아아앗!!!

신이 분노하면 이런 자연재해가 쏟아질까.

—로이 마이어, 7킬.

—샘 윌슨 1킬.

삽시간에 2킬이 터졌다. 한국 대표 팀의 채우현과 근접 딜러 유벽호가 죽었다.

다른 선수들도 눈보라에 밀려 움츠러든 상황.

하지만 그때 최혁이 강인한 힘으로 눈보라에서 벗어났다.

"너만은 죽인다!"

악에 받친 최혁은 로이 마이어에게 달려들었다.

근접 딜러가 가로막았지만 방패를 던져서 방해하고 계속 로이 마이어에게 돌진했다. 그 순간 예전의 근접 딜러 같은 모습을 하고 있는 최혁이었다.

초능력 오러 집중으로 빠르게 검에 집중했다.

모든 일격을 로이 마이어에게 먹이겠다는 필사의 각오였다.

로이 마이어는 칼날들이 솟아난 지팡이를 겨누었다. 조금의 미동도 없는 냉정한 눈빛.

등 뒤에는 근접 딜러가 계속 쫓아오는 상황.

그 순간.

"흐압!"

최혁은 급격히 U턴하며 쫓아오던 근접 딜러를 공격했다.

"헉!"

깜짝 놀란 근접 딜러는 검을 들어서 가로막았지만, 모든 오러와 근력이 담긴 일격에 의해 밀려났다.

서걱!

—최혁, 1킬.

이윽고 로이 마이어도 칼날 지팡이로 최혁을 처치했다.

—로이 마이어, 8킬.

이제 한국 팀은 살아 있는 선수가 별로 없었다.

그런데 곧 영국도 같은 상황에 처했다.

왜냐하면.

—서문엽, 5킬.
—서문엽, 6킬.
—서문엽, 7킬.

"뭐라고?!"

동시다발적으로 터져 나온 3연속 킬 안내에 로이 마이어가 기겁하고 소리 질렀다.

30초가 지나 얼음벽이 사라지고 서문엽의 모습이 보였다.

서문엽은 미소를 지으며 로이 마이어에게 말했다.

"이제 좀 익숙해졌거든."

무슨 말을 하는지 알 수 없지만, 지금껏 봤던 것보다 더 강하다는 것만은 느껴졌다.

"다 모여!"

로이 마이어의 외침에 살아 있는 영국 선수들이 모두 그에게 모여들었다

로이 마이어는 놀랍게도 들고 있던 지팡이를 버렸다.

그리고 서늘한 눈으로 서문엽과 한국 선수 몇 명을 바라보았다.

"뭐가 됐건 이제 끝이다."

"오냐, 한번 해보자."

서문엽은 오러를 증폭시키며 대꾸했다.

사실 이제 오러가 많이 남지 않았다.

빠른 증폭 전환은 엄청난 위력을 발휘하지만 오러 소모량도 컸던 것이다.

서문엽도 이제 최후의 힘을 한 번에 다 퍼부어서 승부수를 띄워야 했다.

마침내 양측이 격돌했다.

　　　　　　*　　　　　*　　　　　*

〈'초인 중의 초인' 서문엽, 영국전서 도합 20킬 금자탑〉

〈'대한민국의 희망' 서문엽, 20킬로 한 경기 최다 킬 한국 신기록〉

〈서문엽에 찬사 보낸 로이 마이어 '내가 본 가장 강한 초인'〉

〈파리 뤼미에르 모로 형제 '역대 최고의 퍼포먼스'〉

〈나단 베르나흐 '서문엽은 경이로운 하이브리드 탱커'〉

"쯧."

신문을 읽던 서문엽은 혀를 차며 소파에 드러누웠다.

"다 네 칭찬뿐인데 왜 심통이야?"

백제호가 물었다.

광란의 A매치 경기가 끝나고 하루가 지났다.

서문엽은 집에서 한껏 게으름을 부리고 있었다. 너무 열심히 일해서 진이 빠졌다.

하지만 피로보다는 허탈감이 더 컸다.

"결국 졌잖아."

그 불만에 백제호는 황당한 표정이 되었다.

"욕심이 너무 큰 거 아니냐? 경기가 거기까지 간 게 더 신기하다."

그랬다.

결국 승자는 영국이었다.

3세트 스코어는 2-0.

영국 대표 팀도 로이 마이어와 필사적으로 그를 보호하던 탱커 하나만 간신히 살아남은 상황.

하지만 서문엽의 기력도 거기까지였다.

혼자서 날뛰는 데도 한계가 있었다.

영국을 상대로 혼자 날뛰며 9킬을 한 것이 더 경이로웠다.

오죽했으면 경기를 중계하던 해외 방송에서도 믿을 수 없다는 중계진의 외침이 연신 들렸겠는가.

서문엽의 실력이 마침내 수면 위로 완전히 드러났다.

뚜껑을 열고 보니, 서문엽의 실력은 상상 이상이었다.

1세트, 7킬 3어시.

2세트, 5킬.

3세트, 8킬.

한 경기에서 최다 킬을 기록한 한국 선수가 되었다.

상대가 세계 랭킹 10위 안에 드는 영국 통합 대표 팀임을 감안하면 믿을 수 없는 퍼포먼스였다.

비록 졌지만 강팀을 상대로 저 정도까지 싸웠다는 사실에 한국은 축제 분위기였다.

다른 선수들만 좀 더 보강하면, 내년의 월드컵이 기다려진다는 반응이었다.

오히려 울상이 된 쪽은 영국.

서문엽의 미친 활약도 있었지만, 영국이 패배 직전까지 간 데는 '가짜 탱커' 전술에 근본적인 스타일인 '기사와 마법사' 체제가 박살 났기 때문이었다.

프랑스는 영국과 미국을 박살 낼 좋은 방법을 배웠다며 감사를 표하는 상황.

영국이나 미국이나 클래식 탱커 위주의 팀들은 전부 발등에 불이 떨어졌다.

이마저도 서문엽이 만든 전술이니 과연 세상을 구할 만하다고 전 세계의 찬사를 듣고 있었다.

"오늘 세계 협회에서 사람이 온대. 알고 있지?"

백제호가 화제를 전환했다.

"이거?"

서문엽은 품속에서 자드룬의 씨앗이 담긴 상자를 꺼내 보였다.

"잘 건네주고 이상한 소리 하지 말고."

"알아."

제6장

초대

점심 무렵에 손님이 찾아왔다.

"안녕하십니까. 세계 협회에서 온 피에트로 아넬라라고 합니다."

특이하게도 백발을 지닌 이탈리아 남자가 영어로 인사를 건넸다.

서문엽은 물론 백제호도 영어를 어느 정도 했기 때문에 대화에는 문제가 없었다.

서문엽은 피에트로 아넬라를 빤히 살폈다.

하얗게 탈색된 백발이 왠지 특이해 보였기 때문이다.

거기다가.

—대상: 피에트로 아넬라(인간)

—근력 53/53

—민첩성 61/61

—속도 58/58

—지구력 42/42

—정신력 21/92

—기술 42/42

—오러 92/92

—리더십 9/78

—전술 56/56

—초능력: 맹독의 손길

—맹독의 손길: 맨손에 닿은 상대를 맹독에 중독시킬 수 있다.

능력치도 여러 가지로 특이했다.

심지어 피에트로 아넬라가 악수를 하자며 손을 뻗었다.

맨손이었다.

저런 초능력을 지닌 작자가 장갑도 끼지 않고 악수를 청하다니, 참 미심쩍은 작자였다.

서문엽은 내색하지 않고 순순히 악수에 응했다.

'수작 부리면 죽이면 되니까.'

불사신인 서문엽은 당연하지만 독이 두렵지 않았다.

서문엽에 이어 백제호도 악수를 했지만 아무런 일도 일어나지 않았다.

'그냥 아무 생각 없는 작자인가?'

하기야 초능력에 대해 일부러 남에게 밝히지 않는 이상 악수로 상대를 불쾌하게 만들 일은 없다.

서문엽만 분석안이 있어서 미심쩍었을 뿐이었다.

하지만 능력치도 이상했다.

정신력이 21/92.

본래 강한 정신력을 타고났어야 정상인데 21밖에 안 되다니?

나이를 보아하니 초인이라 젊어 보여도 50대 후반쯤은 족히 되어 보였다.

저 나이에 정신이 저 정도로 성장 못 했다는 게 말이 되나. 그것도 세계 협회에서 일하는 직원이 말이다.

'같은 이유로 리더십도 이상하지만 이건 그냥 넘어가고.'

더 이상한 것은 따로 있다.

"혹시 배틀필드 선수 출신입니까?"

"하하, 설마요."

피에트로 아넬라는 웃으며 고개를 저었다.

"옛날에 던전을 공략했지만 그마저도 오래됐지요."

"그렇군요."

서문엽도 웃었다.

'그런 인간이 왜 능력치가 남김없이 다 개발되어 있냐고.'

정신력과 리더십을 제외한 모든 능력치가 한계까지 개발되어 있는 상태.

저 나이에도 불구하고 쇠락한 부분도 없이 말이다.

"자, 그럼 약속했던 대로 거래를 하죠. 공개되어서 좋을 게 없는 거래이기 때문에 일단은 현금으로 준비했습니다."

피에트로 아넬라는 현금이 담긴 상자를 서문엽에게 건넸다.

007가방에 5만 원권 지폐가 가득 들어 있었다.

"5억이네."

백제호가 말했다.

"그래? 필요도 없다면서 생각보다 많이 쳐주네."

서문엽은 자드룬의 씨앗이 담긴 상자를 건네주었다.

"그럼 잠시 실례하겠습니다."

"응?"

피에트로 아넬라는 앞뜰로 나왔다. 그리고 상자에서 자드룬의 씨앗을 꺼냈다. 그리고는.

파악!

땅에 버리고 발로 짓밟았다.

깨진 씨앗에서 작은 줄기가 꾸물거리며 나와 도망치려 했지만, 그마저도 지근지근 밟아 없애 버렸다.

방금 5억 원을 주고 산 물건을 짓밟아 죽여 버린 것이다.

그 행동에서 서문엽은 이상한 부분을 포착했다. 피에트로 아넬라는 확실히 수상했다.

'한 번 시험해 볼까?'

일단 한번 격하게 자극을 해보기로 했다.

"무슨 짓이야?"

서문엽의 물음에 피에트로 아넬라가 말했다.

"그래서 실례한다고 양해를 구했습니다."

"필요 없으면 뭐 하러 사냐고."

"세상에 존재해서는 안 되니까요."

"이 씨발아, 돈 안 주면 내가 어딘가에 몰래 심기라도 할까 봐? 너 뒈지고 싶냐?"

서문엽이 눈을 흉흉하게 뜨며 으르렁거렸다.

피에트로 아넬라는 두 손을 저으며 말했다.

"천만에요. 어딘가에 숨어 있었던 자드룬의 씨앗을 발견해 주신 공로에 감사하는 의미였습니다. 이놈이 자라서 민간인을 습격했다면 5억 원은 우스운 피해를 입혔겠죠."

"그건 우리나라 정부가 할 일이지 너희가 뭔데 이 나라 민간 피해를 생각하면서 사례를 표해? 뒈지고 싶지 않으면 돈 갖고 꺼져."

서문엽은 이제 살기까지 드러내려 하고 있었다.

그 반응에 피에트로 아넬라는 당황한 모습이었다.

"저희 세계 협회는 세상을 위해 일합니다. 초인과 관련된 모든 문제를 걱정하고 평화를 지향합니다."

"갖고 꺼지라고. 모가지 따버리지 전에, 씨발아."

"지, 진정하십시오. 서문엽 씨를 존중하는 의미지 폄하할 의도가 없었습니다."

그러자 백제호가 끼어들었다.

"자자, 그만합시다. 엽아, 너도 진정하고."

"난 멀쩡해. 문제 있는 건 저 새끼지."

서문엽은 피에트로 아넬라에게 이어 말했다.

"야, 이 개 아들 새끼야. 내 성질 자극해 보라고 누가 시키디? 갖고 가서 처리하면 되지 왜 보란 듯이 그 지랄을 했는지 설명 못 하면 넌 60초 안에 반드시 죽는다."

그러면서 냉정한 눈으로 바라본다.

피에트로 아넬라는 식은땀을 흘렸다.

진심으로 죽이겠다는 태도가 더 무서웠다.

"하, 한시라도 빨리 제거해야 하는 게 원칙입니다. 지저의 개조 생명체를 발견하면 반드시 즉각 처리해야 합니다. 지니고 이동하다가 어떤 사고라도 터지면 안 되잖습니까?"

"흐음……."

서문엽은 화가 좀 풀린 표정이었다.

"그래? 그럼 됐고."

말리기 위해 노력하던 백제호는 맥이 풀려 버렸다. 화난 것

치고는 너무 쉽게 납득해 버린 서문엽이었다.

"오해는 풀리셨지요?"

"어."

"그럼 세계 협회 회장님의 전언을 전해 드려도 괜찮을까요?"

"뭣?!"

백제호가 화들짝 놀랐다.

"가까운 시일 내에 한 번 뵙고 싶다고 서문엽 씨를 초청하셨습니다."

"세계 협회장님께서 직접 초청하신 겁니까?"

"예, 협회장님께서 직접요."

피에트로 아넬라는 미소를 지으며 단언했다.

서문엽은 백제호가 왜 그렇게 놀라는지 이해하지 못했다.

이 세상에 자신보다 더 거물은 없다고 굳게 믿는 자기애의 화신이었던 탓이다. 세계 협회장이고 나발이고 세상을 구한 자신보다 중요한 사람이겠는가?

"가까운 시일이면 정확히 언제? 나도 스케줄이 있는데 바빠서 못 갈지도 몰라."

짐짓 비싸게 구는 서문엽.

"언제든 괜찮다고 하셨습니다."

"그래? 그럼 내일 당장 가자."

이번에는 피에트로 아넬라도 황당한 표정이 되었다.

스케줄을 봐야 한다면서 내일 당장이라니. 한가했는데 마침 잘됐다는 투였다.

"내일 가시겠다면 제가 당장 준비를 해놓겠습니다."

"응, 그래라."

"그럼 오늘은 이만. 내일 모시러 오겠습니다."

"알았어, 가봐."

결과적으로 아랫사람 대하는 듯한 하대를 받게 된 피에트로 아넬라는 찜찜한 표정으로 떠났다.

피에트로 아넬라가 떠난 뒤, 백제호는 서문엽에게 화를 냈다.

"인마, 왜 그렇게까지 화를 내?"

"그냥."

"뭐?"

"그냥 어떻게 나오나 시험해 보고 싶어서."

"난 네 속을 여전히 모르겠다."

"인마, 저 자식 겉보기보다 훨씬 찜찜한 새끼야. 그놈 믿지 마."

"왜 그렇게 생각하는데?"

"그냥 그런 게 있어. 아무튼 내 말 믿어."

"…네가 그렇게 말한다면 그런 거겠지."

서문엽이 이 정도로 단언하면 틀린 적이 없었기 때문에 백제호는 수긍했다.

"아무튼 그게 문제가 아니야. 세계 협회에서, 그것도 협회장이 직접 보자고 한 거야!"

"뭐 얼마나 대단한 양반이기에 그래? 그래 봐야 어딘가의 나이 든 꼰대겠지. 내가 왕년에 말이야, UN사무총장도 봤고 미국 대통령도 봤고, 어?"

도리어 자신이 더 꼰대처럼 자기 자랑을 늘어놓는 서문엽이었다.

백제호는 그런 그를 한심하다는 듯이 쳐다보며 말했다.

"아무도 몰라. 나이도 성별도 아무것도 모른다고."

"잉?"

"모든 게 베일에 가려져 있는데, 확실한 건 배틀필드를 만든 장본인이라는 사실이야."

"호오."

그러고 보니 그랬다.

전 세계 아무도 흉내 못 낸다는 배틀필드 시스템을 만든 장본인.

기술이 아닌 초능력으로 만든 것이라는 추측만 오가는 가운데, 외부에 모습을 드러낸 적이 없어 온갖 음모설의 주인공이 되기도 하는 세계 협회장이었다.

던전이 사라지면서 일거리를 잃어 범죄나 군사 방면으로 빠질 뻔했던 초인들을 배틀필드로 다시 규합시킨 장본인.

몰락한 던전 산업체들까지 배틀필드로 되살아났기 때문에

절대적인 지지를 받는 권위자였다.

"잘됐네. 내가 만나보고 어떻게 생겼는지 알려줄게."

"어휴, 그래라."

백제호는 이미 몹시 피곤해진 표정이었다.

대화가 끝난 뒤, 다시 소파에 드러누운 서문엽.

'그 자식. 역시 찜찜한 놈이야.'

피에트로 아넬라는 떠올렸다.

굳이 그를 죽이겠다고 설치며 반응을 살펴본 이유는 따로 있었다.

자드룬의 씨앗을 처리한 방식 때문이다.

피에트로 아넬라는 맹독의 손길로 씨앗을 처리할 수 있었다.

그런데 굳이 꺼내 발로 밟아 번거롭게 처리했다.

초능력을 숨기고 싶어 했던 것이다.

물론 그런 걸 보여주면 상대는 찜찜해서 악수도 못 할 테지.

그렇게 생각하면 이해는 되지만, 그럼 왜 장갑을 끼지 않는가?

맹독의 손길을 비밀로 하고서 늘 상대와 맨손으로 악수를 하는 저의가 뭔가?

마음먹으면 언제든 상대를 죽일 수 있다는 우월감이라도 느끼는 걸까.

'그럴 수도 있지만 단순히 그렇게 저열한 우월감을 느끼려는 유형으로도 보이지 않았는데.'

낮은 정신력으로 보면 열등감 같은 걸 많이 지닌 타입이라고 추측해 볼 수도 있다.

그럼 맨손 악수도 납득 간다.

근데 그런 유형으로 보이지가 않아서 문제였다.

'저 나이에 선수도 아니면서 모든 능력치가 다 개발되어 있었고, 하여튼 여러 가지로 수상쩍은 작자야.'

그래서 내린 결론.

'재미있을 것 같다.'

수상쩍은 놈이니 더욱 같이 가고 싶었다. 그래서 내일 당장 가겠다고 한 것이다.

베일에 싸인 세계 협회장이든 피에트로 아넬라의 본모습이든 한 번 보고 싶었다.

다음 날, 피에트로 아넬라가 차를 끌고 왔다.

"가시죠."

"그래."

옷가지 외에는 딱히 준비가 필요 없었다.

서문엽은 이미 예전에 많은 국가로부터 비자 면제 혜택을 받았기 때문에 전 세계 주요 국가는 마음대로 드나들 수 있었다.

도착한 곳은 캐나다 앨버타주의 캘거리시.

캘거리 국제공항에서 내린 서문엽은 피에트로 아넬라와 함께 움직였다.

미리 대기하고 있던 차량을 타고 움직이면서, 서문엽이 문득 물었다.

"세계 협회가 여기에 있어?"

"세계 협회는 미국에 있습니다."

"그럼 여긴 왜 왔어?"

"협회장님께서는 세계 협회에 안 계시니까요."

"호오, 완전 수수께끼의 인물이네. 어디에 사는지도 비밀인 거야?"

"예."

"그런 데 날 데려가도 되는지 몰라."

피에트로 아넬라는 미소를 지었다.

"입이 무거우시리라 믿습니다."

"난 입이 좀 싼데, 그래도 믿어보긴 해봐."

피에트로 아넬라의 미소가 더욱 짙어졌다.

차는 서쪽으로 이동했다.

이동할수록 창밖에 보이는 풍광이 점점 멋있어졌다.

로키 산맥으로 향하고 있었기 때문이다.

서문엽은 세계 협회장이라는 작자가 산속에라도 은거하고 있나 하고 상상했지만 정말 로키 산맥으로 향하자 피식 웃었다.

"설마 저기서 사는 건 아니지?"

"비슷합니다."

"응?"

"이제 내리시죠."

이동 중에 한적한 도로에서 돌연 차가 멈췄다.

두 사람을 내려놓고 차는 훌쩍 떠나 버렸다.

"이제 어쩌자고? 여기서 등산이라도 해?"

"그러실 필요는 없습니다."

피에트로 아넬라는 품속에서 어떤 돌을 꺼냈다.

놀랍게도 그것은 귀환석이었다.

"귀환석?"

"예, 귀환 좌표가 협회장님께서 계시는 곳으로 설정되어 있습니다."

"귀환석은 던전이 아니면 쓸 수 없는데?"

어디서나 쓸 수 있었으면 인류 사회에 교통 혁명이 일어났을 것이다.

"이곳에서는 쓸 수 있도록 되어 있는 특별 귀환석이었습니다."

던전에서 지상으로 벗어나도록 귀환석을 설정할 수 있는 기술자는 예전부터 있었다.

하지만 어디까지나 사용 장소는 던전이어야 한다.

지상에서 지상으로, 지상에서 던전으로 이동하도록 귀환석을 설정할 수 없었다.

아니.

지저 문명은 가능하다.

서문엽의 눈빛이 더욱 흥미진진해졌다.

"재미있네."

배틀필드 시스템부터 이 특별 귀환석까지.

인간다운 구석이 하나도 없는 세계 협회장을 만나볼 기회였다.

피에트로 아넬라는 특별 귀환석을 하나 더 꺼내 서문엽에게 건넸다.

"자, 사용하시면 목적지로 이동됩니다."

"오케이."

서문엽은 특별 귀환석을 사용했다.

사용 직전, 웃고 있는 피에트로 아넬라의 얼굴이 보였다.

그래서 서문엽도 씨익 웃어줬다.

파앗!

*   *   *

파앗!

도착하자마자 음습한 공기가 느껴졌다.

햇볕이 한 번도 들어온 적 없는, 던전 특유의 느낌이었다.

쐐애액!

어디선가 공기를 가르는 날카로운 소리가 울려 퍼졌다.

휙!

서문엽은 고개를 옆으로 꺾어 피했다.

머리 위로 무언가가 빠르게 스쳐 지나갔다.

치르르! 치르르르!

괴상한 소리를 내는 괴물이 나타났다.

3m쯤 되는 거대한 사마귀처럼 생긴 괴물이었다.

'망트로군.'

망트는 지저 전쟁 후기에 출현한 괴물이었다.

출현 시기나 생김새나 실제 사마귀를 본떠서 만든 조작 생명체임이 틀림없었다.

당시 서문엽에게 던전이 하나둘 무너지고 있어서, 발등에 불이 떨어져 급히 만든 괴물이 바로 망트였다.

사람을 먹어치우고 배 속에 오러를 저장하는데, 날카로운 앞발로 오러의 칼날을 만들어 방금처럼 쏘아 보내기도 한다.

오러를 지독히 탐내는 지저인이었다.

보통은 죄다 먹어치워서 오러를 축적하게 한 다음에, 그 괴물을 죽여 모인 오러를 취하는 것이 일반적인 지저인의 행태.

그런데 망트는 오러를 소모하는 공격도 할 수 있게 만들었다.

당시 지저인이 얼마나 다급했는지 보여주는 증거였다.

하지만 그만큼 인간을 살상하는 능력이 무척 뛰어난 괴물이기도 했다.

치르르!

망트가 날개를 펼치며 날아올랐다.

한 마리가 아니었다.

14마리의 망트가 일제히 서문엽에게 날아오고 있었다.

서문엽은 대뜸 이상한 던전에 떨어져 괴물들의 습격을 받는 처지가 되었지만, 그저 피식 웃었다.

'피에트로 아넬라, 이 자식. 역시 수상한 놈 맞잖아?'

차라리 계속 아무런 티도 내지 않았다면 찜찜했을 텐데, 이렇게 본색을 드러내 주니 다행이었다.

서문엽은 여행용 캐리어를 열고 창과 방패를 꺼냈다.

어딜 가든 창 한 자루는 꼭 챙기고 다니는 편이었다.

특히 피에트로 아넬라 같은 수상한 자식과 함께 온 지금은 방패도 특별히 챙겼다.

세계 협회장도 어떤 작자인지 알 수 없는데 아무리 불사신이라도 아무런 대책도 준비하지 않을 리 있겠는가.

'내가 불사신인 건 그놈도 알 테고.'

철컥! 철컥!

오러를 주입하자 창이 1.8m 길이로 펼쳐졌다.

'몸뚱이가 죄다 뜯어먹히면 불사신이어도 어쩔 수 없을 거

라고 생각했나?'

정말 그러면. 죽는 건지 서문엽도 궁금하긴 했지만, 실험하고 싶은 생각은 없었다.

'하지만 그것도 좀 허술한 생각이지. 아마 괴물들이 이것보다 더 잔뜩 준비됐을 테고……'

촤촤촤촤촤촥!

망트들이 하늘에서 일제히 오러의 칼날을 쐈다.

서문엽은 몸을 웅크린 채 방패를 들어 능숙하게 빈틈없이 막았다.

그 틈에 망트 한 마리가 돌격해 왔다.

앞발을 휘두를 때, 방패를 들어 막고 있던 서문엽도 동시에 창을 내질렀다.

"옜다."

퍼걱!

망트의 머리통이 꿰뚫렸다.

한 번 더 찔러 목을 아예 끊어버리고, 몸통도 찔러 마무리했다.

망트는 상대의 공격을 잘 피하는 습성을 갖춰서 상당히 까다롭지만, 공격할 때는 회피를 못 한다.

상대의 공격 타이밍을 노려서 방어와 반격을 동시에 펼치는 서문엽의 전투 습관은 망트를 사냥하면서 기른 것이었다.

'귀환석이 없을 테니 돌아가지 못할 거라고 생각했나?'

그러나 서문엽은 귀환석도 가지고 있었다.

요즘 세상에 귀환석을 소지하고 다니는 사람은 없을 것이다.

하지만 서문엽은 요즘 사람이 아니었다.

7영웅 동료 에릭 튀랑에게 선물받은 귀환석이 아직 백팩에 넣어져 있었다.

일전에 자신의 비밀 던전에 다녀오면서 귀환석을 넣어둔 백팩을 그대로 메고 왔던 것이다.

'수작을 부리려면 내가 좀 더 평화에 취할 때까지 기다리지 그랬어?'

창도 방패도 귀환석도 다 있는 남자!

2020년대를 살기에 서문엽은 아직 긴장이 안 풀렸다.

망트들이 계속 날아들었다.

앞서 덤빈 한 마리가 어떻게 죽었는지 살펴봤으므로, 한꺼번에 덤벼야 한다고 판단했으리라.

전후좌우에 공중까지 모두 점하고서 포위공격을 펼치는 망트들의 집단 전투 습성은 무섭지만, 서문엽은 예외였다.

'이 정도는 초능력을 쓸 필요도 없지.'

자신 같은 위대한 초인을 잡는 함정인데, 설마 고작 이걸로 위험이 끝나겠는가?

'2탄, 3탄, 4탄, 끝판 왕까지 계속 나와라!'

서문엽의 창이 춤을 췄다.

포위당하지 않도록 계속 움직여 주면서 망트들을 하나씩 처치했다.

초능력은 던지기조차 쓰지 않고, 순전히 창술로 상대해 주었다.

그럼에도 픽픽 쓰러지는 망트들.

창술뿐만 아니라, 무빙과 방패 컨트롤까지 모두 절정의 경지였다.

최소한의 동선, 최소한의 힘.

망트들은 어느새 모조리 시체가 되었다.

오러는 창을 유지하는 정도 외에는 거의 쓰지도 않았다.

"2탄은 없냐?!"

서문엽이 허공에 대고 소리쳤다.

그러자.

스스스스스스스……!

무언가가 은밀하게 움직이는 소리가 들렸다.

하지만 그 작은 소리로도 서문엽은 정체를 대번에 알아챘다.

온몸의 가지와 이파리에 가시가 난 나무 괴물, 파듈이었다.

몸체가 질겨서 오러로 베어야 하는 식물형 괴물이었다.

파듈의 몸체에는 또한 식물형 괴물인 미스텔이 기생해 있었다.

'내 예상이지만 아마도 내 힘을 빼려는 수작이겠지?'

강력한 망트를 처음에 배치한 것은 예상 못 한 기습으로 단번에 죽이려 했던 술책.

하지만 실패하거든 오러를 사용해야 잡을 수 있는 괴물들로 힘을 빼겠다는 안배라고 해석하면 그럴듯했다.

그렇다면 힘을 최대한 아껴주어야 손님으로서 저들이 준비한 것을 모두 즐겨줄 수 있는 게 아닌가.

서문엽은 창에 오러를 살짝 실은 채 미동도 하지 않고 제자리에 대기했다.

먼저 공격을 가거나 던지기로 하나씩 잡아봐야 힘 낭비였다.

사실 탈출하려거든 당장 귀환석을 써도 되지만, 서문엽은 좀 더 지켜보고 싶었다.

'피에트로 아넬라를 세뇌시킨 지저인 놈이 누군지 봐야겠어.'

당연하지만 서문엽은 피에트로 아넬라를 이 일의 원흉으로 생각하지 않았다.

오히려 불쌍한 피해자였다.

지저인이 어떤 방법으로 피에트로 아넬라를 세뇌시켰는지도 짐작이 갔다.

'신성한 언어를 가르쳤겠지.'

지저인의 언어는 대부분 너무 복잡해 인간이 해독 불가능하다.

하지만 해독할 수 있는 언어가 하나 있다.

바로 그들이 종교의식용으로 사용하는 '신성한 언어'였다.

고차원적인 지저인의 언어는 인간이 감당할 수 없는 것.

신성한 언어를 해독한 인간은 피에트로 아넬라처럼 세뇌되어 버린다.

인간이 틀렸다고, 태초의 빛의 말씀을 따라야 한다며 지저인의 편이 되어버리는 것이다.

지저인 입장에서는 그냥 신성한 언어를 인간이 익힐 수 있도록 만든 책 한 권만 던져주면 되는 쉬운 일이었다.

물론 타깃이 그걸 해독할 수 있는 엄청난 두뇌의 소유자여야 하는데, 애석하게도 피에트로 아넬라가 그런 똑똑한 사람이었던 것이다.

신성한 언어에 대한 사항은 몇몇 사람만 아는 극비였기 때문에 잘 알지 못하고 익혀 버린 것이리라.

'하지 말라면 더 하고 싶어 하는 인간이 꼭 있어서 극비로 한 건데 이것 참.'

신성한 언어를 익힐 정도의 두뇌를 가진 사람이 던전 공략가 중에는 거의 없는 탓에 여파가 크지 않았던 일이었다.

파둡과 미스텔이 덤벼들었다.

파둡이 접근해 가지를 휘두르면, 기생해 있던 미스텔도 줄기를 뻗어 합세했다.

주로 나무에 기생하는 미스텔이지만, 서문엽은 참 탐나는 새로운 기생 대상이었다.

파둡과 함께 미스텔들도 서문엽의 몸을 차지하고 싶어서 안달을 내며 공격을 퍼부었다.

하지만 서문엽은 고요했다.

명경지수(明鏡止水).

모든 감정의 동요까지 가라앉혀 육체는 물론 정신적인 소모까지 최소화한 채, 전투 기계가 되었다.

팟! 팟! 콰직!

가지들을 자르고 파둡의 심장이 있는 뿌리 부근을 찌른다.

죽은 파둡에서 뛰쳐나온 미스텔들도 창 한 방에 즉사.

그 같은 작업을 반복했다.

파둡과 미스텔의 시체가 산처럼 쌓여갔다.

미스텔 중 몇몇이 죽은 망트의 시체를 노리기도 했다.

아직 죽은 지 얼마 안 돼 쌩쌩하므로 전투에 이용하기 좋기 때문이었다.

하지만 그마저도 서문엽이 미끼로 활용했다.

망트 사체를 노리고 가는 미스텔들이 창에 찔려 허망하게 죽었다.

시간이 얼마나 흘렀을까.

서문엽은 마침내 모든 괴물을 살육했다.

꽤나 장기전이었지만, 힘을 아끼기 위해 동작을 줄였기 때문에 일어난 결과일 뿐이었다.

한참을 싸웠지만 서문엽은 여전히 멀쩡했다.

"이거밖에 못해? 최후의 던전 때처럼 굵직굵직한 놈을 만들 여력은 이제 없나 보지?"

허공에 대고 또 도발했다.

그다음 3파(波)가 쏟아졌다.

살러분.

아바타 테스트 때 본, 푸른 오러로 이루어진 가오리처럼 생긴 물고기 떼였다.

살러분 또한 오러로 처치해야 하는 괴물이었다.

싸움이 또 시작되었다.

그렇게 괴물들은 계속 쏟아졌지만, 서문엽은 침착하게 학살했다.

단조로운 싸움이 지겹다고 홧김에 힘을 크게 일으키는 일도 없었다.

평소와 달리 던전에서의 서문엽은 지독스럽게 냉정하고 인내심이 깊었다.

어느 순간, 더는 괴물들이 나타나지 않았다.

"끝인가?"

기다려 줘도 더는 오지 않자, 서문엽은 슬슬 던전 내부를 둘러보기 시작했다.

끝까지 방심하지도 않았다.

백팩에서 귀환석을 꺼내 주머니에 넣어서 언제든 사용할

수 있도록 했다.

귀환석을 쓰려면 약 12초의 시간이 필요한데, 최후의 던전에서 서문엽이 홀로 남아 희생한 것도 그 시간을 벌어주기 위함이었다.

심상치 않다 싶으면 귀환석을 바로 사용할 생각이었다.

'이걸로 끝은 아닐 거야.'

이번 일을 꾸민 지저인이라면, 목표인 서문엽이 죽었는지 살았는지 확인하고 싶어 할 것이다.

게다가.

'이 우주 최고의 초인을 죽이는 함정인데 이 정도로 끝나서는 안 되지.'

이미 엄청나게 많은 괴물을 죽인 서문엽이었다.

서문엽은 최후의 던전 때보다 더 강해졌다.

증폭을 따로 사용한 것도 아닌데, 정신력 110이 영향을 발휘해서 평정심을 상시 유지할 수 있었던 탓이었다.

던전을 샅샅이 수색하며 점점 깊숙이 들어갔다.

그리고 마침내 던전의 끝에 도달했다.

"응?"

5층으로 쌓인 제단이 나타났다.

오러로 만들어진 영원히 타오르는 푸른 등불들이 설치되어 있었다.

제단 위에는 시신이 들어 있을 것이라 짐작되는 관이 있었다.

차가운 얼음으로 이루어진 관이라 로이 마이어의 얼음 봉인이 떠올랐다.

"뭐야. 이게 끝판 왕이야?"

서문엽은 저 얼음 관 안에 자신을 위해 준비된 끝판 왕 최종 보스가 있다고 확신했다.

동족의 시체도 언데드류 괴물로 만들며 갖고 노는 놈들이니까.

예상대로.

—손님은 인간인가.

흠칫.

서문엽의 표정에 여유가 사라졌다.

지저인은 오러의 진동으로 말을 전달한다.

그 진동도 지저인마다 패턴이 제각각이라 사람 목소리처럼 구분 가능하다.

어디선가 들어봤던 진동 패턴이었다.

얼음 관 안에서부터 지저인의 말이 계속 들렸다.

—들어본 언어에 들어본 목소리구나.

얼음 관 안에 있는 상대도 마찬가지인 모양이었다.

바로 한국어로 말을 건네는 것부터가 이미 어떤 인간으로부터 한국어를 배웠었다는 뜻.

어떤 인간은 아마 서문엽일 확률이 높았다.

"누구야?"

서문엽이 입을 열었다.

"나한테 한 번 맞았던 놈이냐? 누군데 이렇게 긴장감이 오지지?"

여유를 지워 버리고 진지한 서문엽.

그가 이 정도로 긴장해야 했던 지저인은 몇 없었다.

만인릉의 황제.

그리고…….

—서문엽이구나.

뇌리에 섬광이 번뜩였다.

누군가가 떠올랐다.

"설마하니, 대사제냐?"

—대사제라…….

웃음소리가 울려 퍼졌다.

공허한 진동. 허망한 감정이 짙게 서린 소리였다.

—그런 소명이 있었던 적도 있었지.

얼음 관에서 누군가가 상체를 일으켰다.

죽었지만 멀쩡하게 보존된 시신은 지저인이지만 아름다운 그리스 조각상처럼 보이는 외모였다.

목과 복부에 서문엽이 남겨주었던 긴 자상이 보였다. 시체가 확실했다.

—하지만 그 소명은 실패했다.

번쩍.

대사제가 눈을 떴다.

─어리석은 죄인인 나는 죽어서도 영령(英靈)이 되지 못하고 이렇게 비참히 남아 있구나.

"내가 많이 원망스러우시겠어?"

─원망?

대사제는 서문엽을 응시했다.

언데드이기 때문일까? 감정이 전혀 안 보였다.

─원망치 않는다. 넌 나의 징벌이었다. 타락한 대사제였던 나를 응징하기 위해 태초의 빛께서 내린 벌이다.

완전히 일어선 대사제는 튜닉 비슷하게 생긴 흰 옷을 잘 여몄다.

─이렇게 험한 꼴로 너를 다시 보게 되었구나. 이것도 나의 형벌인가, 아니면 내 벌이 끝나려 하는 것인가?

서문엽은 짙게 웃었다.

이 일을 꾸민 놈들이 손님맞이로 아주 화끈한 피날레를 준비한 듯했다.

제7장
재회

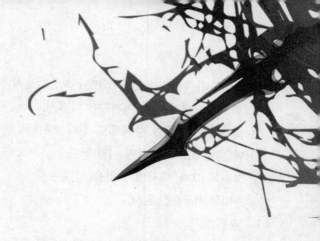

대사제는 잠시 자신의 몸을 훑어봤다.

―널 죽이라고 통제 설정이 되어 있군.

통제 설정이란, 언데드에게 심어진 명령을 뜻했다.

"그러시겠지."

서문엽도 전투를 치를 준비를 갖췄다.

살아 있는 생명체가 아니어서 분석안이 통하지 않았다.

다만 언데드니 살아생전만큼 강하진 않을 것이다.

언데드로 그게 가능했으면 인류는 진작 멸망당했다.

인류 중 가장 강한 초인 7인이 처절하게 싸워야 했던 지저 문명의 지도자, 대사제!

언데드가 된 그가 힘을 얼마나 보존했을지 알 수 없었다.

'뭐, 어찌 됐건 내가 이기기야 하겠지.'

여차하면 불사를 증폭해도 된다. 영체로 변신해 일격을 먹이면 혼자서도 어찌어찌 이길 터다.

그런데 그때, 대사제가 입을 열었다.

─너무 서두르진 말지.

"응?"

─널 죽여야 하긴 하지만, 그렇게 서두를 필요는 없잖나.

"뭐, 뭐래?"

─통제 설정은 널 죽이라고만 되어 있지, 보는 즉시 죽이라고는 안 되어 있다. 고로 대화 나눌 시간은 충분하다.

"그럴 수도 있어?"

─언데드라고는 하나 대사제였던 나를 통제한다는 건 참으로 힘든 일이다. 통제 설정은 이 정도가 한계였겠지.

"와, 언데드 주제에 자존감 쩌네."

자존감 랭킹이 언데드 중 만인릉 황제 다음이었다.

─보나마나 내 휘하 사제 중 한 명의 소행일 것이다. 격 높은 사령(死靈)은 통제할 수 없으니 욕심내지 말라 일렀는데. 욕심은 끝이 없군.

대사제의 부하 중 살아남은 놈이 그의 시신을 보존했다가 사령을 담은 언데드로 만든 모양이었다.

즉 시신만 활용하는 언데드가 아니라, 만인릉 황제처럼 죽은 이의 영혼까지 담은 것이다.

그러면 살아생전의 능력을 활용할 수 있어 더 강력한 언데드 괴물이 되지만, 그만큼 난이도가 높은 일이었다.

"댁이랑 내가 할 얘기나 있어?"

─추측컨대, 너는 함정에 빠져 이곳에 왔겠지?

"맞아."

─누구의 소행인지 궁금하지 않나?

"잉? 넌 알아?"

─모르지만 추측을 도와줄 수는 있지.

"댁이 나한테 굳이 그럴 이유가 있어?"

─서문엽, 말했다시피 난 널 원망하지 않는다. 이제 와서는 오히려 호의를 갖고 있지.

이해가 안 된다는 서문엽의 표정.

대사제가 말했다.

─나의 타락을 끝내줬고, 지금은 내 형벌을 끝내주려고 하지 않나.

"뭐, 뼈도 못 추리게 박살 낼 생각이긴 하지."

─무엇보다도 나를 이렇게 만든 자는…….

대사제는 회한이 어린 목소리로 말을 이었다.

─아마도 나와 똑같은 오판을 하고 있을 것이다. 더 이상 태초의 빛의 말씀을 왜곡하고 동족을 재앙으로 끌고 가게 둬서는 안 돼.

오판.

그것은 지상의 인류와 전쟁을 일으킨 일을 뜻하리라.

"그래, 좀 묻자. 전쟁은 왜 일으킨 거냐? 그놈의 땅이 탐나면 같이 살면 될 거 아냐? 세상에 안 쓰는 땅도 얼마나 많은데."

이를 테면 사막이나 험한 산지.

혹은 해상이나 해저도 괜찮지 않은가?

땅속에서도 문명 만든 놈들이 바닷속이라고 어려울까?

대화도 없이 대뜸 지상에 던전부터 뚫어놓고 괴물을 쏟아낸 심보가 고약했다.

애당초 흉측한 괴물을 만든 놈들에게 그런 건전한 인성은 기대하기 글렀지만 말이다.

ㅡ그걸 설명하려면 우리 지저인의 근본적인 이야기부터 해야 한다.

장대한 대서사시의 프롤로그가 시작되려는 듯한 분위기였다.

서문엽은 냉큼 손을 휘휘 내저었다.

"바쁘니까 요약 설명해, 새꺄. 돌아가서 손봐줄 놈도 있으니까."

대사제는 서문엽을 빤히 바라보았다.

ㅡ네가 이곳에 온 지 4시간 43분 32초 지났군.

"그런 것도 알 수 있어?"

―우리는 공간 이동의 흔적을 살필 수 있으니까. 나 같은 최상위의 존재는 더 상세히 알 수 있지.

서문엽도 자기 자랑에 일가견 있지만, 대사제의 말투에서 묻어나오는 거만함이 배알 꼴렸다.

―나를 이긴다면 널 이곳에 왔을 때의 시간으로 지상에 보내주마.

"그게 가능해?"

서문엽은 깜짝 놀랐다.

―왔을 때의 이동 흔적이 남아 있다면 가능하다. 불가능에 가까운 일이지만 난 할 수 있지. 이곳에 올 때 쓴 귀환석은 가지고 있나?

"어."

―그럼 가능하다.

아마도 던전에서 귀환할 때 종종 발생하는 시공 왜곡을 이용해 과거로도 보낼 수 있는 모양이었다. 만약 정말 가능하다면 경이로운 솜씨였다.

'그렇게 잘난 놈이 왜 졌대?'

최후의 던전에서 이겨서 참 다행이라는 생각이 들었다.

"약속한 거다?"

―약속했다.

서문엽은 철퍼덕 땅에 앉았다.

"자, 썰 풀어봐."

―이동 흔적은 쉽게 안 지워지니 여유를 갖도록.

　"이 새낀 나 죽이라는 명령받은 언데드가 뭐 이래?"

　오히려 살아 있을 때는 패닉에 빠져 광기를 터뜨렸었다.

　죽어서 남의 조종을 받는데도 저런 여유라니.

　―우리 사회에 대해 얼마나 아는가.

　"사회? 태초의 빛이라는 신을 섬기는 종교 지도자가 통치하는 사회 아니냐?"

　―둘 다 틀렸다.

　울컥.

　서문엽은 끓어오르는 울화를 참았다.

　―태초의 빛께서는 신이 아니고, 우리는 본디 정치와 종교가 분리된 사회였다.

　"태초의 빛이 신이 아니라고?"

　그건 처음 안 사실이었다.

　지저인들이 늘 입에 달고 사는 단어이니 마땅히 그들이 믿는 신인 줄 알았다.

　―우리는 죽어서 영령이 된다. 그리고 우리는 영령과 대화를 나누지.

　"그래서 태초의 빛과 함께 조상을 그렇게 찾았군."

　―그렇다. 영령도 수명이 있다. 자신의 소명을 올바로 행하지 못한 자는 영령이 되자마자 흩어지는 반면, 위대한 이일수록 영령이 오랫동안 유지된다. 즉, 오래된 영령일수록 위대한 조상님이라는

뜻이다.

서문엽은 잠자코 설명을 들었다.

쉽게 들을 수 없는 정보였으므로 열심히 머릿속에 기억해 놨다.

—누구나 영령과 대화를 나눌 수 있는 건 아니다. 오직 사제만 이 가능하지. 그리고 뛰어난 사제일수록 오래된 영령과 대화를 나눌 수 있다. 오래된 조상님의 영령은 원활한 대화가 불가능하지만, 어쩌다 한 번씩 귀중한 말씀을 해주시지. 그리고 태초의 빛이란……

"그중에서 제일 오래된 조상?"

—맞았다. 우리의 근본이 되신 태초의 선조님의 영령이지. 그분의 영령은 억겁의 세월이 흐르도록 사라지지 않으시고 계속 우리에게 가르침을 내리신다. 바로 그 태초의 빛과 교감할 수 있는 사제는 오직 한 사람, 대사제다.

대사제의 눈빛이 슬픈 빛이 어린 듯한 것은 착각이었을까.

—반대로 말하면 태초의 빛과 교감을 나눌 수 있는 오직 한 명만이 대사제가 된다. 나는 아주 어릴 때 태초의 빛의 말씀을 들었고, 그날 즉시 기존의 대사제에게서 모든 것을 물려받았다.

'놀랍군. 정치적인 속성 없이 그만한 지위가 절대적인 규칙으로 결정된다니.'

서문엽이 아는 지저인은 끝없이 탐욕스러운 종족이었다.

당연히 엄청난 권력 다툼을 할 줄 알았는데, 나름대로의 절대성을 띤 사회적 룰이 있는 모양이었다.

―본디 왕이 사회를 통치하며, 사제들은 사회가 나아갈 길을 제시한다. 그렇게 정치와 종교가 분리된 사회였는데, 어느 순간 우리 사제들의 힘이 왕을 능가하여 사회를 지배하기 시작했다. 어찌 보면 그것이 재앙의 전조였을지도 모르지.

서문엽도 왕이 따로 있었다는 것조차 몰랐다.

까마득한 고대야 만인룡 황제 같은 이가 있었지만, 이후엔 대사제가 모든 것을 지배하는 체제로 바뀌었다고 생각했다.

종족의 명운을 건 전쟁인데 대사제만 날뛰고 왕은 존재조차 몰랐으니 착각도 무리는 아니었다.

―그러던 중 태초의 빛께서 아주 오랜만에 말씀을 내리셨다.

"영적 각성을 이룬 선지자가 나타났노라. 선지자가 너희를 빛이 내리는 땅에 인도하리라."

서문엽이 말했다.

일전에 죽였던 지저인이 남긴 말을 고스란히 기억하고 있던 것이다.

―아는군?

대사제가 놀랐다.

"얼마 전에 한 놈을 죽이고 들었지."

―그런가.

대사제는 별반 신경 쓰지 않았다.

―어쨌든 그 예언을 듣고 나는 생각했다.

"……."

―그 선지자는 바로 나라고. 내가 선지자여야 한다고.

비로소 드러난 전쟁의 전말.

예언의 선지자가 되겠다는 대사제의 욕심이 부른 재앙이었다.

―욕심을 버리고 조금만 생각해 보면, 태초의 빛께서 하신 말씀을 내가 완전하게 듣지 못했음을 알 수 있었을 텐데.

"완전히 듣지 못했다고?"

―선지자란 앞서 아는 자. 빛이 내리는 땅에 인도하는 이가 아니라, 그곳으로 인도해 줄 이의 출현을 아는 이라는 뜻이었다.

"음? 듣고 보니 그러네."

―깨끗한 마음으로 귀 기울여도 모자랄 판에, 내 더러운 마음이 그분의 말씀을 놓친 것이다.

결국 모든 게 눈앞의 이놈 탓이었다.

하지만 서문엽은 별로 원망이 들지 않았다.

그는 가족도 없었고, 전쟁 덕에 오히려 출세했다. 지저 전쟁이 없었으면 불행한 삶을 살지 않았을까?

인류애 같은 것도 별로 없는 서문엽은 대수롭지 않게 받아들였다.

"뭐, 그래서 나한테 죽었으니 그 일은 관두자고. 그런데 날여기 유인한 놈은 누구일 것 같아?"

―살아남은 사제일 것이다. 내 사령을 다룬 것을 보면 8명의 상

급 사제 중 하나겠지. 5명은 너에게 죽고 아마 3명이 살아남았을 텐데, 그 셋 중 하나일 수도 있고 셋이 합심했을 수도 있다.

"아, 걔들도 까다로웠지."

서문엽은 옛 기억 중에 절대보호막을 펼치는 상급 사제를 떠올렸다.

그 절대보호막을 우회한 각도로 공격하기 위하여, 당구처럼 슈란의 소멸 광선을 튕겨내서 공격해 간신히 처치했었다.

"잔챙이인 줄 알았는데 생각보다 거물이네."

─상급 사제쯤 되지 않으면 누가 무리의 지도자 역할을 할 수 있겠나.

"아, 하나만 더 묻자. 왜 대뜸 공격부터 했어? 땅 좀 같이 쓰자고 요구도 안 해보고."

─서문엽, 넌 전쟁 중에 단 한 번도 우리가 지상에 직접 나온 것을 본 적이 없겠지?

"어, 그런데?"

─왜 우리가 굳이 던전을 만들어 지상에 뚫어놓는 방식으로 침공을 해야 했을까?

"몰라. 제한이 있냐?"

─빛을 쬐고 있으면, 우리는 힘을 쓸 수 없었다.

"햇볕?"

─그 햇볕을 반사한 달빛과 별빛도 마찬가지였다. 우리는 지상에서 오러를 사용할 수 없었다.

"……."

의외로 간단한 약점이었다.

괴물만 내보내고 지저인들은 던전에 틀어박혀 나오지 않았던 이유가 밝혀진 셈이었다.

─오러가 전부인 우리에게는 당혹스러운 무력감이었지. 그래서 위협될 만한 모든 지상의 생명체를 쓸어버리기 위해 괴물을 투입했다.

공존할 생각이 처음부터 없었다.

지상에 나오면 무력해지는데, 그런 지상에서 다른 종족과 함께 산다는 건 너무 큰 위험을 감수해야 했던 것이다.

궁금증이 풀리자 서문엽은 고개를 끄덕이며 일어섰다.

"오케이. 이제 더 할 말이 없지?"

─그렇다. 나도 슬슬 통제 설정이 한계에 왔군. 싸우자.

파아아앗!

대사제의 몸이 백색 휘광으로 휩싸였다.

최상위인 5등급 백색 오러를 단번에 일으키는 모습에서 위압감이 들었다.

그런 대사제를 보며 서문엽이 물었다.

"혹시 말이야."

─뭐냐.

"내가 초필살기로 일찍 끝낼 생각인데, 죽겠다 싶으면 미리 말해야 한다? 나랑 약속도 있는데 완전히 골로 가버리면 안 되잖아?"

―알았다. 그런데 내가 비록 이 처지라 힘이 없다지만, 완전히 골로 간다는 표현을 쓸 정도로 네게 강력한 수단은 없었던 걸로 기억한다만?

"그땐 그랬지."

―통제 설정이 걸린 이상 나는 싫어도 최선을 다해야 하니 무모한 짓 하지 말고 침착하게 상대하도록.

파아아앗!

대사제가 두 손을 뻗자, 하늘에 십여 개의 마법진이 펼쳐졌다.

그랬다.

마법진이란 말 외엔 설명할 길이 없는, 오러로 이루어진 둥근 원에 기묘한 형상이 수놓아진 형상이었다.

"오랜만에 보네."

―영령의 일격이다. 나의 오러에 조상님들의 영령을 입혀 공격 수단으로 삼지. 지금은 타락한 나의 영혼에 실망하신 탓에 격 높으신 조상님들은 응해주지 않고, 격 낮은 영령들만 동원된다.

친절한 설명이었다.

서문엽은 고개를 끄덕였다.

"숫자도 많이 적어졌네."

영령의 일격.

최후의 던전에서는 수십 개나 되는 마법진이 떠올라서 기겁을 했었다.

지금은 그때에 비하면 숫자도 위력도 쇠락했다. 그럼에도 여전히 상급 사제보다는 훨씬 강한 수준이었지만 말이다.

"오래 끌 것 없지. 나도 바로 간다."

서문엽은 불사를 증폭시켰다.

아껴왔던 필살기를 바로 꺼내 든 것이다.

그오오오오!!

서문엽의 몸이 대사제와 동등한 하얀빛으로 휩싸였다.

불이 번지듯 하얀 오러에 잠식된 서문엽은 이윽고 오러로 이루어진 영체가 되었다.

—영체? 인간이?

깜짝 놀란 대사제는 이윽고 침착한 어조로 중얼거렸다.

—정말 골로 가겠군⋯⋯.

*   *   *

영체가 된 서문엽이 곧바로 대사제를 향해 날아들었다.

120초 동안 모든 공격이 무효화된다는 자신감이었다.

그런데 그때.

—방심하지 마라!

대사제가 호통 쳤다.

—영체의 경지에 이른 것은 가상하다만, 오러는 안 통해도 영령

의 공격은 통한다.

—뭐?

서문엽은 곧바로 달려들다가, 마법진에서 차례로 나타난 전사 형상의 오러 덩어리들을 보며 멈칫했다.

—본래 같았으면 하필 나를 상대로 영체가 된다는 건 오판이었을 것이다.

—혹시 다른 놈들도 이런 거 할 줄 아냐?

—내가 아는 한, 오직 나만 가능한 일이다.

영체로 변신한 서문엽은 분명 무적이었다.

그러나 그 영체에 타격을 입힐 수 있는 공격이 바로 대사제의 초능력 영령의 일격이었다.

아마 살아생전 때 영체로 덤볐더라면 영령의 일격에 의해 서문엽이 골로 갔을지도 모르는 일이었다.

—이 새낀 왜 이렇게 쓸데없이 대단하지?

최후의 던전에서 붙었을 때는 괴물 같지만 좀 멘탈 나간 미치광이였는데, 알면 알수록 거물인 대사제였다.

—하지만 언데드가 된 나 또한 사령이 취약하므로 영체에게 공격받으면 쉽게 무너진다. 현재는 영체로 변신한 게 아예 오판은 아니다.

—에이 씨, 아무튼 진짜로 간다!

—잘 피해라. 평소에 비행 연습 안 했으면 낭패 입을 거다.

—그런 거 안 했는데… 에라, 몰라!

서문엽이 날아들었다.

대사제의 오러를 빌려 형상화된 영령들이 사방에서 덤벼들었다.

날아다니는 데 익숙하지가 않은 서문엽이었다.

하지만 민첩성은 높기 때문에 영령이 공격하는 순간 몸을 비틀어 피할 수 있었다.

하나, 둘, 셋.

계속 요리조리 피해 다니며 대사제에게 접근한 서문엽.

연이어 영령들이 덮쳤지만, 확실히 살아생전보다 움직임들이 굼떴다. 대사제 말마따나 쓸 만한 영령들은 안 도와주는 모양이었다.

쉬쉬쉭!

3단 찌르기로 영령 둘을 처치하고 계속 날았다.

실전파라 그런지 비행도 금방 익숙해진 서문엽.

―이 악물어라!

그러면서 대사제를 향해 창을 던졌다.

대사제는 손을 들어 오러로 보호막을 펼쳤다.

오러를 머금은 창이 보호막과 충돌했다.

콰아앙!

오러의 충돌에 의한 충격파가 던전에 퍼져 나갔다.

연이어 날아든 서문엽이 방패로 다시 보호막을 두들겼다.

꽈아아아아앙!

영체가 된 서문엽은 모든 오러를 단번에 방패에 집중시킬 수 있었다.

오러가 육신의 제한을 받지 않고 자유자재로 운용되는 것 또한 영체의 강점 중 하나였다.

그 강맹한 일격에 보호막이 더 이상 견디기 어려웠다.

―큭!

보호막이 깨졌다.

연이어 오른쪽 주먹이 힘껏 휘둘러졌다.

뻐어어억!

―컥!

대사제는 펀치에 맞고 뒤로 튕겨져 나갔다.

그가 소환한 영령들이 모두 사라져 버렸다.

혹시 몰라서 서문엽이 다시 달려들려 할 때 대사제가 말했다.

―이제 됐다.

―끝이야?

―내 사령이 육신에 안착 못 하고 요동친다. 역시나 허술하기 짝이 없군. 주제넘게 격 높은 사령을 다루려 했기에 벌어진 결과물이지.

―영령의 일격으로 영체에 타격을 입힐 수 있지만, 영체 또한 언데드의 영혼에 직접 타격이 가능한 거구나.

―그런 셈이다.

대사제의 몸에서 백색 오러가 넘실거렸다.

오러가 가만히 있지 못하고 요동치고 있는 걸 보니 확실히 문제가 생긴 듯한 모습이었다.

—나는 곧 붕괴될 것이다.

—그 전에 해야 할 일이 있는 것 알지?

—안다. 마침 전투 불능 상태가 되니 통제 설정도 깨져 버렸군. 어떤 못난 놈 작품인지 얼굴이나 보고 싶군.

—그건 너 알아서 하고, 나 좀 보내줘.

이 던전에 왔을 때의 시간으로 되돌려 보내주겠다고 대사제가 약속했었다.

그러면 돌아가자마자 피에트로 아넬라와 마주 볼 수 있을 것이다.

—아직 시간이 있으니 기다려라.

대사제가 말했다.

그제야 서문엽도 뭔가가 생각났다.

—이 일을 꾸민 녀석이 결과를 보려고 올 수 있겠구나?

—그렇다. 죽은 자를 언데드로 만드는 짓은 대개 우리 사제들이 하던 일이었다. 특히나 붕괴되는 성역에서 내 시신을 챙겨갔다면 상급 사제들만이 가능한 일이지.

대사제는 요동치는 오러를 진정시키려고 애쓰면서 한숨을 쉬었다.

—내 휘하의 사제였다면 누가 됐건 과거의 나와 비슷한 잘못된

생각을 하고 있을 게 틀림없다. 난 그들을 말려야 할 책임이 있어.

─그게 말린다고 되냐? 쥐어 패야 알아듣지.

─나도 말로 타이른다고 한 적 없다.

─…….

그때였다.

─왔군.

대사제의 말이 끝나기가 무섭게, 던전의 천장 쪽에서 공간이 일그러졌다.

파앗!

일그러진 자리에 이윽고 지저인이 나타났다.

대사제의 비슷한 순백색 옷을 걸친 지저인이었다.

─대상: 상급 사제(지저인)

─근력 42/42

─민첩성 71/71

─속도 63/63

─지구력 50/50

─정신력 57/77

─기술 94/94

─오러 189/189

─초능력: 영매, 백염

―영매: 죽은 자의 영혼을 다룬다.

―백염: 백색 오러를 고밀도로 응집하여서 꺼지지 않는 하얀 불꽃을 만든다.

분석안으로 보니 상급 사제였다.

신체 능력은 형편없지만 지저인에게 중요한 것은 오러였다.

오러가 무려 189로 인간 중 최고인 서문엽의 2배 가까웠다.

물론 서문엽이 본 최고치는 228이라는 수치를 가졌던 생전의 대사제였다.

저 상급 사제도 지위에 걸맞게 그 정도는 못 되어도 200에 가까운 높은 수치를 자랑했다.

상급 사제는 아직 영체 상태인 서문엽을 보더니 기겁을 했다.

―영체?! 인간이 어떻게 저런 지고의 경지에! 말도 안 되는 일이야!!

그 말을 듣고 서문엽이 눈을 빛냈다.

뭐라고 말하는지 알아들을 수 없었지만, 방금 상급 사제가 구사한 언어는 이탈리아어였다.

지저인은 언어의 제약이 없기 때문에 모국어라는 개념도 없이 알고 있는 언어는 어떤 언어든 자연스럽게 여긴다.

그래서 혼잣말을 할 때는 자기도 모르게 가장 최근에 썼던 언어를 구사한다.

—저 자식 맞는 것 같다.

피에트로 아넬라는 이탈리아인이다. 피에트로 아넬라를 세뇌시키고 조종한 게 저 상급 사제라는 뜻이었다.

아직 영체 변신 시간은 60초 정도 남았다.

영체가 풀리기 전에 때려눕히기로 작정한 서문엽은 상급 사제를 향해 뛰어올랐다.

—히익!

영체에 대항할 대책이 없는 상급 사제는 도주를 택했다.

파앗!

공간 이동으로 사라져 버린 상급 사제.

그러나…….

팟!

어딘가 멀리로 사라진 줄 알았던 상급 사제는 대사제 앞에 나타났다.

상급 사제는 눈앞에 있는 대사제를 보고는 혼비백산했다.

—여, 여기는?!

—세 번째여. 이것은 네 소행이더냐?

대사제가 상급 사제를 불렀다. 8명의 상급 사제 중 세 번째였던 듯했다.

—대, 대사제님?

그때, 공중에 떠 있던 서문엽이 다시 내려오기 시작했다.

상급 사제는 다급히 공간 이동을 펼쳤다.

같은 타이밍에 대사제도 손가락을 흔들었다.

그러더니.

파앗! 팟!

사라졌던 상급 사제가 제자리에 다시 나타나는 게 아닌가?

주위를 둘러보다가 제자리임을 깨달은 상급 사제는 절망했다.

—돌아가라고 허락한 적 없다, 세 번째여.

대사제의 능력이었다.

상급 사제의 공간 이동을 조작해서 목적지를 제자리로 설정한 것이다.

—대, 대사제님! 제발 저를 놔주십시오! 저 인간의 편을 드는 겁니까?

—세 번째여. 내가 누누이 말하지 않았더냐. 감당할 수 없는 격 높은 사령에 욕심내지 말라고 말이다.

—크으윽, 제기랄!

다시 한번 순간 이동을 시도했지만 대사제의 손에서 벗어날 수 없었다.

그리고 서문엽의 일격이 떨어졌다.

뻐어어어억!!

—끄억!

있는 힘껏 쥐어박자 상급 사제는 땅에 처박힌 채 졸도해 버렸다.

—어이구, 너무 세게 팼나.

영체가 되어서 힘 조절이 잘 안 되는 서문엽이었다. 똑같은 펀치여도 영체라 훨씬 오러의 밀도가 높아져서 필살기처럼 강력해진 것이다.

—깨우면 된다.

대사제는 쓰러진 상급 사제를 향해 손가락을 까닥했다.

그러자 상급 사제의 몸이 둥실 떠오르더니, 감겼던 눈이 강제로 떠졌다.

—크헉! 허억, 헉!

강제로 정신을 차린 상급 사제는 자신의 상황에 절망했다.

—세 번째여. 네가 날 이렇게 만들었느냐?

—대사제님, 대의를 위한 일이니 용서를……!

—문제 삼고자 하는 건 네가 방금 말한 대의다. 목적이 무엇이더냐?

—그건……!

상급 사제는 옆에 있는 서문엽을 흘깃 바라보았다.

—저 인간을 죽이고 예언을 실행하는 일입니다. 대사제님, 저희는 대사제님께서 이루시지 못한 예언을 실현시킬 의무가 있습니다.

—예언의 실현은 선지자만이 아는 일이다. 너희가 멋대로 판단할 문제가 아니니라.

—예, 그리고 대사제님께서는 선지자가 아니셨죠!

—…….

뼈아픈 지적에 대사제는 말을 잃었다. 어찌 보면 동족을 몰락시킨 결정을 내린 실책을 자신이 저지른 것이다.

—저희는 진짜 선지자를 비로소 찾았습니다!

상급 사제가 소리쳤다.

죄책감에 잠겨 있던 대사제의 눈빛이 다시 날카로워졌다.

—그럴 리 없다.

—태초의 빛의 말씀을 듣는 이가 나타났습니다.

—그게 누구더냐?

—첫 번째, 아니, 지금은 새로운 대사제이자 선지자이십니다.

—그럼 더 확실하게 얘기할 수 있겠구나. 그건 너희의 착각이다.

—사제가 태초의 빛을 걸고 거짓을 할 수 있겠습니까?

—그래서 거짓이 아니라 착각이라고 한 거다. 그게 더 위험하다.

상급 사제의 두 눈에 분노가 어렸다.

—닥쳐라! 실패한 대사제, 가짜 선지자야! 우리는 너처럼 실패하지 않을 것이다!

—나는 오만에 빠지고서 태초의 빛의 말씀을 더 이상 들을 수 없었다. 나와 닮았던 너희들을 태초의 빛께서 선택하셨을 리가 없다.

—닥쳐!!

—첫 번째가 야망이 있어 새로운 대사제를 자칭한 것이라면 무엄한 일이지만, 착각이라면 문제가 더 크다. 대체 누구의 목소리를

들었느냐? 누구의 목소리를 태초의 빛이라 여긴 것이냐?

—크아아아! 닥쳐라! 나는 선지자의 뜻에 따라 하다못해 저 인간이라도 데려가겠다!

상급 사제는 영체 상태가 해제돼 원래대로 돌아온 서문엽을 보았다.

파아아아앗!

상급 사제의 몸에서 오러가 팽창하기 시작했다.

상급 사제는 인간의 귀로 들을 수 없는 고주파의 비명을 토했다.

자폭하기 직전의 모습이었다.

"위험한 거 아냐?!"

서문엽은 귀환석을 꺼내 들며 소리쳐 물었다.

대사제는 어깨를 으쓱했다.

—놔둬라.

오러의 팽창이 극에 이르렀을 때였다.

—이제 가라.

파앗!

대사제의 손짓과 함께 상급 사제의 신형이 사라졌다.

서문엽은 어안이 벙벙해졌다.

"뭐야?"

—다른 곳에서 자폭하게 했다.

"헐."

자신을 언데드로 만든 상급 사제를 붕괴되기 직전의 몸임에도 손쉽게 죽여 버렸다.

정말로 감당 못 할 사령을 욕심내면 안 된다는 교훈을 실감한 서문엽이었다.

하지만 대사제 또한 힘을 더 쓴 탓인지 오러의 요동이 점점 심해졌다.

─이제 한계다. 슬슬 가거라. 귀환석을 사용하면 내가 시공간을 조작하겠다.

"알았어."

서문엽은 귀환석을 사용하려다가 문득 대사제를 바라봤다.

"넌?"

─여기서 죽는 거다. 죽기 전에 또 내 육체를 언데드로 이용하지 못하도록 아예 자폭하겠다.

"음, 그보다 말이야. 이왕 죽는 김에 너도 같이 안 갈래? 불가능한가?"

─같이? 그건 불가능하지 않지만…….

"어차피 죽을 건데 빛이 내리는 땅도 구경하고 좋잖아? 자!"

서문엽은 대사제에게 손을 내밀었다.

─…….

대사제는 멍하니 서문엽을 바라보았다.

죽고 나서, 대사제는 태초의 빛으로부터 들은 문제의 예언을 다시 생각해 보게 되었다.

추측컨대, 아마도 선지자는 빛이 내리는 땅으로 이끌어줄 인도자 같은 존재를 점지할 것이다.

점지된 인도자는 모두를 빛이 내리는 땅으로 안내할 것이라는 게 본래의 예언일 터였다.

그 인도자가 누구인지는 당연히 알 수 없었다.

대사제의 추측이 틀릴 수도 있으니 말이다.

그런데 만약 인도자가 존재한다면 바로 저런 모습이 아닐까 하고, 임종 직전의 대사제는 서문엽을 보며 생각했다.

대사제는 서문엽의 손을 잡았다.

서문엽은 귀환석을 사용했다.

파앗!

*　　　*　　　*

파앗!

서문엽이 특별 귀환석을 써서 사라졌다. 홀로 남은 피에트로 아넬라는 킬킬 웃었다.

"휴, 쉽게 끝났군."

여기까지 데려오는 동안 고생 좀 했다. 아무래도 서문엽이 자신을 의심하는 느낌을 받았기 때문이었다.

하지만 이제 끝이었다.

놈은 이제 그곳에서 못 돌아온다.

"멍청한 놈이라 다행이야."

그런데 그때였다.

"뭐 인마?"

"헉?!"

등 뒤에서 들린 목소리에 피에트로 아넬라는 기절초풍했다.

돌아보니 방금 사라졌던 서문엽이 떡하니 있었다.

"어, 어떻게?"

"뭘 어떻게야, 다 조지고 귀환석 써서 돌아왔지."

몇 초 지나지도 않았는데 그게 말이 되는 소리란 말인가?

그런데 서문엽은 웬 지저인을 데리고 있었다.

처음 보는 남자 지저인이었지만 익숙한 흰 옷을 걸치고 있었다. 사제들이 입을 법한 복장 말이다.

"대체 이게 어찌 된……."

피에트로 아넬라는 혼란에 빠졌다.

예정대로 함정을 설치해 둔 던전으로 서문엽을 보냈다.

그런데 몇 초 만에 되돌아왔다.

그것도 웬 정체 모를 지저인과 함께 말이다.

"아, 너한테 지시 내리던 상급 사제는 죽었어. 잘했지?"

서문엽은 사악한 미소를 지으며 말했다.

피에트로 아넬라는 이성을 잃고 소리 질렀다.

"헛소리 집어치워라!"

"걔 이탈리아어 잘하더만."

"크으윽! 거짓말이다!"

계속 상대를 조롱하던 서문엽은 어깨를 으쓱했다.

"됐다, 당신이 무슨 죄졌어. 호기심에 신성한 언어를 익힌 죄지."

생각해 보면 피에트로 아넬라의 정신력 21/92는 바로 세뇌된 상태를 뜻하는 수치였다.

"그래도 날 건드린 대가는 크지. 그러니까 딱밤 한 대만 맞자."

서문엽은 한 손에 방패를 든 채로, 오른손에 쥐고 있던 창은 버렸다.

피에트로 아넬라는 주춤주춤 물러났다.

순간 서문엽이 오른손을 내밀며 접근했다.

정말로 이마에 딱밤을 때릴 듯한 동작이었다.

겨우 딱밤이 아니었다.

피에트로 아넬라는 서문엽이 아바타 테스트 때 손가락 하나로 살러분을 죽인 사실을 들었다. 저거 한 대로 두개골이 쪼개질 수도 있었다.

"이익!"

피에트로 아넬라가 포기하고 싸움에 응했다.

그는 양손으로 서문엽이 내민 오른손을 잡으려 했다.

—맹독의 손길: 맨손에 닿은 상대를 중독시킬 수 있다.

불사신인 것도 알고 있었다. 세계 최고의 배틀필드 선수라는 것도 안다. 하지만 최후까지 저항해 볼 각오였다.

'태초의 빛을 위하여!'

순교를 각오한 피에트로 아넬라.

그런데.

부웅!

서문엽은 돌연 오른손을 회수하고, 대신 왼손에 든 방패를 휘둘렀다.

뻐어억!

그대로 피에트로 아넬라의 머리통을 방패가 강타!

피에트로 아넬라는 장작이 쪼개지는 듯한 소리를 들었다. 자신의 두개골에 금이 가는 소리였다.

"어이쿠, 딱밤이라고 했는데 실수로 방패로 찍었네. 쏘리."

서문엽은 쓰러진 피에트로 아넬라를 보며 장난스럽게 말했다.

—끝났나.

"어, 넌 좀 어때?"

—요동치던 오러가 안정되었다.

땅에 쓰러져 있는 대사제는 태양을 올려다보며 말했다.

—신비하구나.

밝은 햇볕이 대사제의 죽은 육신을 내리쬐고 있었다.

대사제는 태양에 빛나는 자신의 손을 바라보며 말을 이었다.

―흔들리던 사령도 안정되고 있다.

"그래? 그럼 안 죽는 거야?"

―난 이미 죽었다, 서문엽.

대사제는 대화를 나누면서도 찬란한 하늘의 태양에서 눈을 떼지 못했다.

―어찌 이리도 푸르고 밝은가.

"뭐, 태양이니까."

―죽은 이의 영혼마저 보듬어주는가. 자애로운 빛이여…….

금방이라도 죽을 것 같았던 대사제는 놀라우리만치 안정된 모습이었다.

하지만.

―서문엽.

"왜?"

―몸을 움직일 수가 없다.

"그건 또 왜?"

―난 죽은 몸이기 때문에 오러로 육신을 조종하고 있었다. 그런데 정말로 빛이 닿고 있으니 오러를 움직이기가 힘들어진다.

요동치던 오러가 안정된 까닭도 햇볕에 억제된 까닭이었다.

"그래서 어쩌라고? 업어주랴?"

서문엽은 괜히 데려왔나 싶은 듯 귀찮은 표정이 되었다.

―그래야 할… 말도 잘… 오러……

그것을 끝으로 대사제는 말조차 할 수 없게 되었다.

말소리도 오러의 진동을 통해 내고 있었기 때문이다.

"죽기 전에 관광시켜 주는 셈 치고 데려왔더니, 짐 덩어리가 됐네. 애를 어떡해야 하는 거야?"

어차피 죽은 애니 땅속에 묻어버릴까 싶기도 했다. 하지만 그건 정서적으로 왠지 생매장 같아서 꺼림칙했다.

게다가 아까 던전에서 상급 사제와 나눈 대화에 대해서도 물어볼 게 더 있었다.

홀로 서 있는 서문엽.

주위에 쓰러져 있는 대사제와 피에트로 아넬라.

어쩌다 이런 상황이 됐나 한탄하다가, 문득 뭔가가 생각났다.

"아, 세계 협회장!"

비로소 캐나다에 온 진짜 목적이 떠올랐다.

세계 협회장이 보낸 직원인 피에트로 아넬라는 세뇌를 받은 지저인의 끄나풀이었다.

'세계 협회장도 이 일에 관련되어 있다.'

서문엽은 쓰러진 피에트로 아넬라의 품속을 뒤졌다.

'세계 협회장의 거처는 특별 귀환석을 써야 갈 수 있다고 했지. 그게 거짓말이 아니라면 이 녀석은 진짜 특별 귀환석을

가지고 있을 거야.'

"찾았다!"

예상대로 특별 귀환석이 나왔다.

서문엽에게 줬던 함정용과 달리, 정말로 세계 협회장의 거처로 가는 특별 귀환석이리라.

'가만?'

서문엽은 특별 귀환석을 사용하려다가 멈칫했다.

특별 귀환석을 써야 찾아갈 수 있다는 말 자체가 완전히 거짓일 수 있었다.

이 특별 귀환석은 세계 협회장이 아니라, 피에트로 아넬라를 조종한 지저인 잔당 소굴로 가는 이동 수단일 수도 있는 것이었다.

그러나 이내 서문엽은 어깨를 으쓱했다.

"뭐 어때? 그럼 더 좋지."

적의 소굴로 갈 수 있다면 그보다 좋은 일은 없었다.

두려울 게 없는 서문엽이었다.

찔끔찔끔 싸우는 것보다는 차라리 깡그리 덤비는 게 좋았다.

일단 피에트로 아넬라와 대사제는 나무 그늘 아래에 앉혀 놓았다.

그리고 특별 귀환석을 사용했다.

파앗!

도착한 곳은 아쉽게도 던전이 아니었다.

여전히 햇볕이 내리쬐는 설산의 정상이었다.

주변에 온통 눈 덮인 산들이 가득했다.

그런데 놀랍게도 기온은 따스했다.

서문엽이 도착한 곳 일대만 풀과 꽃과 나무로 푸르렀다.

높은 산 정상 같은데 어떻게 이곳만 이렇게 식물이 잘 자랄 수 있는지 이해할 수 없었다.

'이상하네. 왜 던전 같은 느낌이 들지?'

평생 던전을 전전했던 서문엽은 던전 특유의 느낌을 이곳에서 받았다.

어딜 보나 영락없이 지상인데, 오러로도 흉내 낼 수 없는 햇볕이 비추는데도, 희한하게도 그의 직감상 이곳은 던전이었다.

혹시 몰라 챙겨온 방패와 창을 들고, 서문엽은 앞으로 나아갔다.

머지않은 곳에 꽃밭에 둘러싸인 오두막집이 보였다.

지상 낙원처럼 꾸며진 아담한 오두막이었다.

오두막에 도착하여 문을 열었다.

안에서 따스한 온기가 물씬 느껴진다.

한 여성이 차를 준비하고 있었다.

여성은 서문엽을 보더니 싱긋 웃었다.

"늦으셨네요."

"······."

"혼자 오셨나요? 아넬라 씨는요?"

"걘 자는데요."

그렇게 대꾸하면서 서문엽은 증폭된 분석안을 여성에게 펼쳤다.

—대상: 여왕(지저인)

—근력 32/32

—민첩성 40/40

—속도 33/33

—지구력 40/40

—정신력 97/97

—기술 73/79

—오러 199/199

—리더십 93/100

—전술 29/52

—초능력: 기도, 운명안

—기도: 태초의 빛의 응답을 받는다.

—운명안: 상대의 운명을 본다.

'헐.'

서문엽은 평생 분석안을 쓰면서 이렇게 놀랐던 적이 없었다.

지저인인 것은 짐작했다.

그런데 이름부터가 압권이었다.

여왕.

지저인은 이름이 없다. 대신 그들이 평생 행하는 역할을 호칭으로 삼는다.

대사제가 들려준 이야기가 떠올랐다.

—본디 왕이 사회를 통치하며, 사제들은 사회가 나아갈 길을 제시한다. 그렇게 정치와 종교가 분리된 사회였는데, 어느 순간 우리 사제들의 힘이 왕을 능가하여 사회를 지배하기 시작했다.

대사제에게 권력을 침탈당해 전쟁을 지켜봐야만 했던 왕.

지저 문명의 통치자가 눈앞에 있었다.

배틀필드를 만든 세계 협회의 수장이 지저 여왕이었던 것이다.

지저인이 만들었을 거라는 추측을 은연중에 한 적이 있었던 서문엽이었다. 배틀필드는 어딜 봐도 인간이 만들 수 있는 게 아니었으니까.

그러나 기껏해야 고향을 잃고 지상에 정착하고 싶어서 인간과 협조한 지저인 정도로 여겼다.

높은 오러 수치에도 놀랐다.

199면 서문엽이 지금껏 만나봤던 지저인 중 대사제 다음가는 수치였다. 아까 죽은 상급 사제보다도 한 수 위인 것이다.

하지만 무엇보다도 놀란 것은 두 가지 초능력!

기도.

운명안.

서문엽은 소름이 끼쳐 버렸다.

둘 다 한 번도 보지 못했던 초능력이었다.

먼저, 기도.

태초의 빛의 응답을 받는다는 이 초능력은 대사제가 갖고 있었어야 할 법한 능력이었다.

물론 대사제는 타락으로 인해 태초의 빛의 말을 더 이상 들을 수 없었다고 했다. 그러니 최후의 던전에서 싸울 때 '기도'를 분석안으로 보지 못한 것도 무리는 아니었다.

그런데 그런 능력을 여왕이 갖고 있다.

지저 문명은 원칙적으로 정치와 종교가 분리되어 있는 사회였다. 그러나 대사제는 권력을 침탈하여 두 가지를 모두 손에 넣었었다.

그렇다면 이번에는 여왕이 종교까지 아우르게 된 셈이었다.

두 번째, 운명안.

'이건 너무 스케일이 커서 어떤 초능력인지 견적도 안 나온다.'

"앉아주세요."

여왕은 차를 테이블에 내며 자리를 권했다.

서문엽은 고개를 끄덕이고는 자리에 앉았다.

차는 얼 그레이였다.

향을 맡으니 놀랐던 심신이 가라앉는 기분이 들었다.

"분석안으로 보고 많이 놀라셨죠?"

서문엽은 만화처럼 마시던 차를 뿜을 뻔했다.

누구에게도 말한 적 없었던 분석안을 당연하다는 듯이 알고 있는 여왕이었다.

그것도 분석안이라는 명칭까지 정확히 말이다.

"운명안으로 볼 수 있는 겁니까?"

"네. 기분 나쁘시다면 죄송해요."

"뭐, 나도 분석안으로 봤으니까 마찬가지죠."

"이해해 주셔서 고마워요. 그런데 아넬라 씨는 어떻게 된건가요?"

그 물음에 서문엽의 눈빛이 가라앉았다.

정말 몰라서 묻는 건가?

일단 기색으로 보아 정말 몰라서 묻는 것 같았지만, 방심할 수는 없었다. 자신의 직감마저 속일 정도로 교활한 지저인이 없다고 장담할 수는 없으니까.

그리고 지금에야 깨달은 사실.

여왕은 마치 인간처럼 육성(肉聲)으로 말을 하고 있었다.

"피에트로 아넬라와 어떤 관계입니까?"

"협회장과 협회 직원의 관계예요. 다만 제가 지저인이라는 것을 아는 정도죠. 여왕이라는 신분까지는 모르지만요. 이곳을 드나드는 유일한 사람이기도 하고요."

"그 사람은 내 손에 죽었다."

서문엽은 그렇게 내지르면서, 여왕의 반응을 살폈다.

여왕은 화들짝 놀란 표정이었다.

"네? 무슨 일이 있으신 건가요?"

"날 속일 생각 마. 내가 어떤 인간인지는 알지?"

지저 문명을 끝장내 버린 장본인, 서문엽은 여왕을 더 강하게 압박했다.

"무슨 일이 생겼는지 설명해 주실 수는 없으신가요?"

여왕은 침착했다.

무척 놀랐지만 서문엽의 압박에 두려워하지 않고 상황을 파악하려 하는 모습이었다.

"운명안으로 봤을 텐데."

"그는 숭배자의 운명이 점지된 사람이었어요. 성실하게 저를 위해 일해주고 배려해 준 사람이죠."

"숭배자? 운명안에 숭배자로 보였다고?"

"네, 상징적인 칭호만 알 수 있어요. 태초의 빛께서 제게 내려주신 권능이지만 제가 부족한 탓인지 한계는 있어요."

확실히 애매했다.

실제로는 세뇌되어서 잘못된 숭배를 하는 놈이었지만, 여왕이 보기에는 자신을 숭배하는 사람으로 착각했을 수도 있었다.

'어쩌면 피에트로 아넬라가 여왕의 측근이라는 것을 알고서 세뇌한 것일 수도 있지.'

서문엽의 머릿속이 복잡해졌다.

일단 여왕에게서 자신을 기만하는 느낌은 들지 않았다.

지저인에 관한 한 서문엽의 육감은 초능력에 가까운 수준이라, 차츰 경계심은 사라졌다.

여왕이 이어 말했다.

"그때 그곳에서 죽어가던 당신을 처음 봤을 때도 마찬가지였어요."

"…뭐?"

"망트를 끌어안고 절벽에서 뛰어내리셨죠?"

서문엽의 주먹이 꽉 쥐어졌다.

최후의 던전.

죽기 직전의 순간.

시각과 청각이 마비되고 팔다리도 말을 안 듣자, 최후를 직감한 서문엽은 괴물을 끌어안고 뛰어내렸다.

그 장렬한 사투는 누구에게도 구체적으로 설명한 적이 없었다.

"그래요. 전 그때 무너지는 성역에서 당신을 처음 봤어요.

구원자. 그게 우리의 모든 걸 파괴한 당신의 운명이었죠. 인간을 위한 구원자인지, 예언의 주인공인지 알 수 없었어요."

*　　　*　　　*

"구원자인지 뭔지는 잘 모르겠지만, 아무튼 그때 거기서 날 봤단 말이지?"

"봤다 뿐일까요?"

여왕이 장난스럽게 되물었다.

서문엽은 의아함을 느꼈다.

"그럼 날 치료라도 해줬다는 거야, 뭐야?"

"치료할 틈도 없었고 그럴 필요도 없어 보였어요. 불사를 각성하신 걸 운명안으로 봤으니까요."

"그럼?"

"당신이 어떻게 지상으로 돌아오실 수 있었다고 생각하세요?"

"그건 최후의 던전이 붕괴된 여파로… 아."

말하다 말고 서문엽은 진실을 알아차렸다.

최후의 던전이 붕괴된 여파로 발생한 오러의 파동이 귀환석과 같은 역할을 해서 자신을 지상에 돌려보냈다.

…라는 것보다는 여왕이 손을 써줬다는 쪽이 훨씬 말이 된다는 걸 깨달은 것이다.

"그럼 그쪽이?"

"당신이 누구를 위한 구원자인지는 알 수 없었어요. 냉정하게 보면 우리를 망하게 만든 원수였죠. 하지만 만에 하나를 위해서라도 살려야겠다는 생각을 했어요. 가만 놔둬도 살았을 테지만, 최후의 던전이 완전히 붕괴되면 영원히 시공 속을 떠돌아야 했을 테죠."

"그건 감사한 일이네."

생명의 은인이라는 게 밝혀지자 서문엽은 의심이 수그러들었다.

"그럼 왜 하필 17년이나 시간이 어긋나게 했는데?"

"최후의 던전이 붕괴되고 있던 터라 오러의 움직임이 불안정했어요. 그런 것까지 신경 쓸 틈도 제게는 없었고요."

거기까지 설명한 여왕은 서문엽에게 다시 질문을 던졌다.

"이제 피에트로 아넬라에 대해 설명해 주시겠어요?"

"아, 실은 아직 죽지는 않았고 반만 죽였다고 해야 하나?"

"어디에 있죠?"

"특별 귀환석 쓰기 전에 나무 뒤에 앉혀놨지."

"제가 데리고 올게요."

"아, 옆에 함께 앉혀놓은 사람도 데려와 줘. 잘 아는 얼굴일 걸."

"알았어요."

파앗!

여왕이 공간 이동으로 모습을 감췄다.

잠시 후.

파앗! 파앗!

피에트로 아넬라와 대사제가 연달아 공간 이동으로 나타났다.

마지막으로 여왕도 되돌아왔다.

그녀는 상당히 놀란 얼굴이었다.

"어떻게 된 일이죠? 왜 대사제가 이곳에 있는 거예요?"

—그건 내가 설명하겠소, 여왕.

대사제가 입을 열었다.

서문엽의 두 눈이 휘둥그레졌다.

"이제 말할 수 있는 거냐?"

—여긴 빛이 내리는 땅이지만 결계를 쳐서 빛의 영향으로부터 격리되었다. 빛이 내리는 던전이라는 표현이 좋겠군.

그제야 서문엽은 왜 이곳만 높은 산 정상임에도 눈이 안 쌓여 있고 식물들이 잘 자라는지 알 수 있었다.

어째서 특별 귀환석을 써서 드나들어야 했는지도 말이다.

"그동안 많이 연습해서 오러 없이도 말을 할 수 있게 되었지만, 바깥에 나가면 저도 여전히 오러를 쓸 수 없어요. 그래서 이 두 분도 귀환석으로 데려온 거고요."

—똑똑한 방식이오. 이러면 빛이 내리지만 영향을 차단하면 우리 지저인이 살기 좋은 환경이 되지. 다만 이 작은 공간을 만드는

데도 많은 시간과 자원이 소모됐겠지.

"맞아요."

─본래 내가 알던 당신은 이런 힘을 가진 분이 아니셨소. 그사이에 갑자기 이 정도로 오러가 성장했다는 것은 말이 안 되고, 아마도 여왕 당신은······.

여왕은 고개를 끄덕였다.

"태초의 빛의 말씀을 들었습니다."

─언제부터였소?

"성역이 붕괴되기 2년 전부터였어요."

─그럼 왜 그 사실을 숨긴··· 밝힐 수 없었겠군.

"네, 당신에게 살해될까 봐 두려웠어요."

태초의 빛과 감응한 지저인은 새로운 대사제가 된다.

그것은 지저 문명의 절대적인 철칙이었다.

하지만 그 규율이 이행될 거라고 장담 못 하는 많은 변수가 있었다.

일단 대사제는 자신이 선지자라는 광기 어린 확신이 있었기 때문에 여왕이 태초의 빛을 등에 업고 나서면 가만 안 뒀을 것이다.

그리고 그녀가 여왕이라는 것도 문제였다.

그것은 진정한 의미에서 정치와 종교가 통합되는 사건일 테니까.

지금껏 득세했던 대사제와 휘하 사제들이 모조리 몰락하게 되는 것이다.

　—진즉 나섰더라면 내 거짓도 밝혀졌을 테고, 오늘 같은 몰락까지는 안 왔을 거라는 원망도 드오. 하지만 내가 누구를 원망하겠소? 확실히 그때의 나라면 당신을 죽였을지도 모르지.

　"미안해요. 너무 두려웠어요. 전 여왕으로 즉위했을 때부터 지금까지 한 번도 제 정당한 통치 권한을 누려본 적이 없었어요. 아무도 제 말을 믿지 못할 거라고 생각했어요."

　여왕은 불행한 통치자였다.

　어린 나이에 즉위하였지만 대사제의 권력 침탈로 아무것도 할 수 없었고, 지저 문명이 몰락하는 것을 무력하게 지켜보기만 해야 했다.

　—미안하오.

　대사제도 힘없이 여왕에게 말했다.

　—내가 죄인이었소. 나는 선지자는커녕 정당한 대사제도 아니었소. 타락하여 태초의 빛께서 등을 돌리셨으니까. 모든 게 내 탓이오.

　숙연한 분위기 속에서 서문엽은 고개를 끄덕였다.

　'응, 다 네 탓이 맞긴 하지.'

　그 뒤, 서문엽과 대사제는 여왕에게 자초지종을 들려주었다.

　서문엽은 피에트로 아넬라의 함정에 빠져 던전에서 괴물들을 처치하고 대사제를 만난 이야기를.

대사제는 자신을 사령 언데드로 만든 세 번째 상급 사제를 죽이기 전에 나눈 대화에 대해 이야기해 주었다.

—원흉은 첫 번째요. 나를 가장 닮았던 사제였지. 아니나 다를까 대사제를 자칭하고 있다더군.

"근데 말이야."

서문엽이 입을 열었다.

"걔들 그냥 놔둬도 되지 않아? 잔당이 몇 되지도 않을 텐데 음모 같은 걸 꾸며봐야 뭘 할 수 있겠어?"

지저 전쟁도 승리로 이끌었던 서문엽은 지저인이 무슨 짓을 하든 그다지 겁나지 않았다. 불사신이 된 지금은 더더욱 말이다.

살아생전의 대사제 정도라면 모를까, 상급 사제는 아무리 발버둥 쳐봤자 잔챙이였다.

'지저 문명도 다 망한 판에 잔당이 얼마나 있겠어? 막말로 내 눈에 띄면 나 혼자 작살 낼 수 있어.'

—그 녀석들이야 별문제가 아니지.

대사제가 동의했다.

하지만 대사제는 마음에 걸리는 게 따로 있는 눈치였다.

"꼭 그렇지만은 않아요."

여왕이 말했다.

"대사제님, 예언을 기억하시나요?"

—모든 것의 시작이었던 그 예언 말이오? 어찌 잊겠소.

"저는 그 예언에 이어진 말씀을 들었어요."

─그것이 무엇이오?

"문이 열리고 환란이 닥친다."

그 말에 서문엽은 눈살을 찌푸렸다.

"그놈의 예언 참 지겹기도 하다. 그거 맞는 말 맞아? 그냥 미신 아니냐고."

─미신은 너희 인간에게나 있는 것이다. 그분의 말씀은 지금껏 틀린 적이 없었다.

그렇게 투덜거릴 때 여왕이 말을 이었다.

"그러니 선지자여. 구원자를 안배하라."

"……."

─…….

서문엽과 대사제가 입을 다물었다.

여왕은 쓸쓸히 웃어 보였다.

"네, 제가 선지자예요."

─허, 그렇군. 내 다음에 태초의 빛과 연결되었으니 선지자는 여왕 당신밖에 없겠군.

서문엽은 구원자라는 말이 거슬렸다.

여왕이 말하는 구원자가 왠지 자신을 지칭하는 것 같았기 때문이다.

여왕은 서문엽을 보며 말했다.

"저는 문이 열리고 환란이 닥친다는 말이 우리가 성역을 잃고 몰락한 그날을 뜻하는 줄 알았어요."

그럴듯했다.

서문엽을 비롯한 7영웅이 던전 입구를 통해 최후의 던전에 침입했으니 말이다.

그렇게 문명이 몰락했으니 어엿한 환란이었다.

―하지만 빛이 내리는 땅에 인도한다는 예언과는 위배되는군.

"네, 무엇보다도 제 운명안에 보인 구원자는 서문엽 씨였고요."

"나야 인류를 구했으면 된 거 아냐?"

"그래서 알 수 없다고 한 거였어요. 하지만 아직 진정한 환란이 아직 오지 않은 거라면요?"

"우리한텐 너희도 충분히 환란이었거든? 던전 문이 마구 열리고 환란이 닥쳤는데 내가 물리쳤으니 예언 끝난 거 아냐?"

―그건 인간의 입장이다. 태초의 빛의 말씀의 주체는 늘 우리다.

"아오, 계속 뜬구름 잡는 얘기만 하니까 짜증 나네. 애당초 난 그놈의 예언도 안 믿어. 궁금한 건 첫 번째인지 하는 걔들이 무슨 꿍꿍이냐는 거지."

서문엽은 쓰러져 있는 피에트로 아넬라를 툭툭 발로 찼다.

"일단 얘부터 깨워서 추궁해 보는 게 어떨까?"

―일단 그렇게 하지.

대사제가 손가락을 위로 까닥거렸다.

그의 손가락에서부터 오러가 피어 나와 피에트로 아넬라에게 스며들었다.

그러자.

"크헉!"

피에트로 아넬라가 비명을 토하며 정신을 차렸다.

—일어나라.

"헉!"

피에트로 아넬라의 몸이 저절로 둥실 떠올랐다.

—날 봐라.

대사제와 눈이 마주치자 피에트로 아넬라는 사시나무처럼 떨었다.

—무엇을 위하여 일했느냐?

"나, 나는, 태초의 빛께서 내리신 구원을 실현하기 위해서……."

—어떻게 실현한다고 하더냐?

"그냥 시키는 대로만 하면 된다고 하시면서……."

대사제가 다시 손가락을 까닥거리자, 피에트로 아넬라는 다시 정신을 잃고 땅에 널브러졌다.

여왕은 슬픈 눈으로 그런 그를 내려다보았다.

"세뇌당했군요."

"정확히는 신성한 언어를 익혔다. 내가 아는 바로는 다시 정상으로 되돌릴 방법은 없어. 대사제, 넌 어때?"

—인간이 감당할 수 없는 언어를 익혔군. 세뇌시키는 방법은 연

구했지만 그걸 원상 복구 시키는 치료법은 생각 안 해봤다.

"결국 결론은 또 해괴한 예언만 남는군. 답답하니까 이따가 얘기하자."

서문엽은 손을 휘휘 내저으며 오두막 밖으로 나섰다.

예언이라는 말의 뜻을 해석하며 토론하는 게 영 성미에 맞지 않았다. 애당초 예언이라는 걸 믿지도 않았고 말이다.

지저 전쟁 시절에도 온갖 사이비 종교 단체와 멸망설이 떠돌아서 민심을 해쳤었다. 뜬구름 잡는 이야기는 질색이었다.

오두막 밖으로 나온 서문엽은 산 정상의 풍경을 둘러보며 산책을 했다.

결계 안은 풀과 꽃과 나무로 잘 꾸며져 있었지만, 바깥은 눈 덮인 설산들이 병풍처럼 펼쳐져 있는 장관이었다.

태양이 지면서 붉은 노을에 물든 하늘도 멋졌다.

노을을 한참 바라보고 있는데, 문득 밖으로 나온 대사제가 다가왔다.

─아름답군.

"처음 보지?"

─그렇다. 우리는 저 태양도 만들 수 없고, 저 넓은 하늘과 끝없는 대지도 만들지 못한다.

"우리도 못 만들어, 인마."

땅속에서 문명을 꽃피운 지저인들이 대단한 거다.

─그대로 빛 아래에서 사는 것을 허락받지 않았나. 너희는 빛

아래에서도 오러를 쓸 수 있지. 그게 증거다.

"너희도 올라와서 살면 됐잖아."

―무력해지는 것이 두려웠다.

"쯧쯧, 하여간 자외선에 약한 놈들 같으니."

그러고는 말없이 풍경을 감상하는 두 사람.

서문엽은 여왕이 배틀필드를 만든 이유에 대해 생각해 보았다.

'정말로 후에 환란이 닥칠 수 있으니 그에 따른 준비를 하려고 했겠지.'

배틀필드라는 스포츠로 인해 다시금 전투를 연마하게 된 초인들.

또다시 던전이 열리고 괴물들이 쏟아지는 사태가 발생하더라도, 인류는 지저 전쟁 초처럼 무력하게 짓밟히지 않을 것이다.

각 지역마다 각종 훈련을 하며 팀워크까지 다져진 배틀필드 클럽들이 있으니 말이다.

'하지만 그렇게 키운 선수들은 인류는 지킬 테지만 지저인과는 상관없는 이야기야.'

지저인들은 다 어디로 갔는지 보이지도 않는다. 아마도 제각기 뿔뿔이 흩어져 지저 세계를 떠돌고 있을 것이다.

환란이 닥치면 선수들이 나서서 인류를 구할 테지만, 지저 세계를 떠도는 지저인들은 지켜줄 존재가 없다.

'최소한 인간만이라도 무사할 수 있도록 배려한 건가.'

최후의 던전에서는 자신들을 몰락시킨 주범인 서문엽을 구해주었다.

지상에 와서는 마찬가지로 자신들의 적이었던 인류를 위해 배틀필드를 만들었다.

그렇다면 참 상냥한 여자가 아닌가.

백성을 잃고 홀로 지상에 있는 처지가 불쌍하기도 하고 말이다.

지저 문명을 몰락시킨 자신이 왠지 죄인이 된 것 같은 기분이었다.

'예언인지 뭔지 모르겠지만 일단은 빚도 있으니 최대한 협조를 해줘야겠다.'

제8장

동행

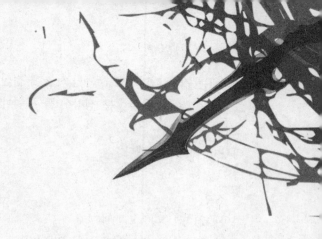

　대사제는 노을이 지고 밤이 찾아왔어도 하늘에서 눈을 떼
지 못했다.

　여왕이 직접 차려준 저녁 식사를 먹고 나온 서문엽은 여전
히 똑같은 자세로 앉아 있는 대사제를 보고는 혀를 찼다.

"뭐 해?"

─별을 세고 있다.

"지겹지 않냐?"

─이 축복을 매일 누리는 인간이나 할 법한 소리군.

서문엽은 맑은 밤하늘을 올려다보고는 고개를 끄덕였다.

"하긴 여긴 하늘이 맑아서 별이 잘 보이네."

대사제는 정말 질리지도 않는지 하늘에 정신 팔려 있었다.

그 모습이 좀 찐따 같다는 생각이 들 무렵이었다.

―누가 온다.

대사제가 불쑥 말했다.

"뭐?"

그 직후.

파앗! 팟! 팟!

3명의 지저인이 여왕의 거처에 나타났다.

그중 2명은 주위의 풍경을 둘러보며 감탄을 했다.

―여, 여기가 여왕께서 계신 곳인가!

―아름답다! 빛이 내리는 땅이라니!

그 2명은 지상에 처음 올라와 본 지저인인 모양이었다.

그리고 아마도 그 둘을 데려온 지저인은 서문엽을 보고는 깜짝 놀랐다.

―서문엽?

"나 알아?"

―여, 여왕께서 당신을 초대했다는 말은 들었다.

여왕을 추종하는 지저인인 모양이었다.

하기야, 아무리 유명무실했어도 여왕은 여왕인데 추종하는 지저인이 한둘쯤은 있을 법했다.

서문엽은 다른 둘을 가리키며 물었다.

"저 관광객 같은 애들은 뭐야?"

―정처 없이 떠돌던 동족들이다. 앞으로 여왕께서 마련해 주신 거처에서 지낼 것이다.

"모여 지내는 거처가 따로 있나 보지?"

―더는 얘기할 수 없다.

지저인은 서문엽과 말을 섞는 것 자체가 꺼림칙한 태도였다. 지저 문명을 몰락시킨 원수이니 어찌 보면 당연했다.

그때, 밤하늘의 별을 세던 대사제가 입을 열었다.

―가까운 곳에 여기처럼 꾸며진 공간이 또 있더군. 아마 거기겠지.

"오, 그런 것도 아냐?"

―여기는 동족이 드나든 이동 흔적이 잔뜩 있다. 흔적을 분석하면 시간과 위치까지 나온다.

'별이나 세는 찐따 주제에 못하는 게 없네.'

서문엽은 뭐든지 척척 해내는 대사제의 능력에 감탄하며 구시렁거렸다.

그런데 여왕의 측근으로 추정되는 지저인이 대사제를 보더니 경악했다.

―대, 대사제?!

―너는 '관측'이구나. 네 얼굴을 알고 있다. 독특한 능력을 가졌었지.

―아, 알아주셔서 감사합니다만, 어떻게 당신이 이곳에……

―설명하자면 기니 생략하지.

다른 지저인 2명도 대사제를 보더니 경악하여 어쩔 줄을 모르는 눈치였다. 여왕의 거처라고 해서 왔는데 무서운 대사제가 떡하니 있으니 당혹스러우리라.

　서문엽은 독특한 능력이라는 말에 호기심이 들어서 분석안으로 여왕의 측근 지지인을 보았다.

　—대상: 관측(지저인)
　—근력 50/50
　—민첩성 62/62
　—속도 41/41
　—지구력 55/55
　—정신력 86/86
　—기술 92/92
　—오러 140/140
　—리더십 33/33
　—전술 32/32
　—초능력: 관측, 구현

　—관측: 눈에 보이는 풍경을 그대로 기억 속에 저장한다.
　—구현: 생명체를 제외한 기억 속의 대상을 똑같이 구현한다. 대상과 동일한 성질·질량의 재료가 있어야 한다.

　생각 외로 뛰어난 능력자였다. 오러 수치로 보아 신분은 3등급 붉은색이나 그 상위인 4등급 검은색 사이였다.

'저 구현이라는 초능력은 대단한데?'

눈에 본 것을 고스란히 기억에 저장하는 관측은 사실 별거 아니었다.

그런데 그 기억 속의 것을 똑같이 구현할 수 있는 초능력은 정말 대단하다. 재료만 갖춰져 있으면 뭐든지 똑같이 만들어 낼 수 있다는 뜻 아닌가.

지저인들은 여왕에게 인사를 한 뒤에 다시 떠나 버렸다. 그리고 서문엽과 대사제는 다시 여왕과 함께 이야기를 나눴다.

"요약하자면 문이 열리고 환란이 닥칠 거라는 예언이 있는데 구체적으로 어떤 식의 위험이 나타날지는 모르고, 첫 번째 상급 사제가 그 주범일지도 모른다는 것이지?"

서문엽의 말에 여왕은 고개를 끄덕였다.

"네, 방금도 보셨다시피 저는 보금자리를 잃고 떠도는 지저인을 모아 지상에 마련한 거처에서 살게 하고 있어요. 지상에 환란이 닥치면 우리도 똑같이 위험하기 때문에 배틀필드를 만들어서 초인들을 육성하고 있었죠. 그 외에는 딱히 대책이 없고요."

"뭐, 그것만으로도 훌륭해. 다만 어떤 환란이 닥칠지 알 수가 없으니 원."

—지상에 거처를 마련하여서 떠도는 동족을 불러오고 있으니 확실히 선지자는 여왕 당신이 맞구려.

대사제는 여왕이 예언의 선지자임을 인정했다.

—그러면 구원자는 여왕이 안배한 자라는 건데, 정황상 서문엽이 유력하군.

"운명안으로도 구원자라고 나오고 있고요."

"그래그래, 구원자든 뭐든 할 테니까 싸울 상대 좀 달란 말이지, 내 말은."

싸움을 마다할 서문엽이 아니었다.

다만 지저 전쟁 시절처럼 단순명쾌했으면 하는 바람이었다.

전쟁 시절이 그리웠다. 던전 뻥뻥 열리고 괴물들 팍팍 쏟아지니 그냥 열심히 싸우면 된다. 이 얼마나 심플한가?

—첫 번째 상급 사제에 대해 이야기를 해보지.

대사제가 문득 화제를 전환했다.

—마음에 걸리는 게 있어. 첫 번째는 지금 나의 뒤를 이어 대사제를 자처하고 있는데, 태초의 빛의 말씀을 듣지는 못했지.

태초의 빛과 감응한 지저인은 이 자리에 있는 여왕이었다. 분석안으로 '기도'라는 초능력을 확인했으니 거짓이 아니었다.

—태초의 빛께서 여러 사람에게 말씀을 전하는 일은 없으니, 첫 번째는 거짓으로 대사제 노릇을 하는 셈이다.

"맞아요."

여왕도 고개를 끄덕였다.

—그런데 내가 아는 첫 번째는 거짓으로 대사제 행세를 할 놈은 아니야.

'아, 그러고 보니.'

서문엽은 대사제가 세 번째 상급 사제를 추궁하면서 했던 말을 기억해 냈다.

—착각이라면 문제가 더 크다. 대체 누구의 목소리를 들었느냐? 누구의 목소리를 태초의 빛이라 여긴 것이냐?

아마도 대사제는 무언가 알고 있는 게 틀림없었다.

—서문엽과 싸우기 얼마 전이었지. 태초의 빛의 말씀을 다시 듣기 위해 안간힘을 쓸 때였어. 그때 나는 누군가의 음성을 들었다.

대사제의 말이 이어졌다.

—태초의 빛이라 착각해도 무리가 아닐 정도로 무척 오래된 영령의 목소리였다.

전쟁에서 패망하고 있을 무렵이었다.

마음이 조급해진 대사제는 자신이 선지자가 아니며 거짓된 짓을 하고 있는 것인지도 모른다는 불안감에 휩싸였다.

패닉에 빠져 태초의 빛을 애타게 찾았다. 자아를 잊을 정도의 몰입으로 기도에 빠져, 정신은 영령계를 헤맸다.

더 깊이.

가장 오래된 영령이 있는 곳으로.

계속해서 깊이 까마득하게 시간을 거슬러서 태초에 있었던 단 한 분의 조상님과 접촉하고자 했다.

그때, 누군가의 음성을 들었다.

[나를 찾느냐, 아이야.]

대사제는 소름이 돋았다. 굉장히 강력하고 오래된 존재라는 것이 느껴졌다.

하지만 대사제는 이미 태초의 빛과 감응했다. 이 목소리의 주인은 결코 태초의 빛이 아니었다. 지고하고 위대한 기운이 느껴지지 않았고, 도리어 사악함을 숨기고 있다는 것을 알 수 있었다.

두려워진 대사제는 그 즉시 기도를 종료했다. 그리고 두 번 다시는 태초의 빛을 찾는 기도를 시도하지 않았다.

"그냥 오래된 다른 영령 아니고?"

서문엽이 물었다.

대사제가 말했다.

—그 깊이 이상 거슬러 올라가면 태초의 빛 외에 다른 영령은 존재하지 않았다.

"맞아요."

여왕도 그 깊이까지 기도를 해 태초의 빛을 만났으므로 공감했다.

—없었던 영령이 갑자기 나타난 것도 이상하지만, 무엇보다도 존재감이 너무도 뚜렷했다.

인간인 서문엽은 지저인들과 대화를 나눌수록 이해하기 어려워졌다. 그러나 일단은 계속 귀를 기울였다.

─오래된 영령의 존재감이 그렇게 뚜렷할 수는 없다. 세월이 흐를수록 존재가 마모되고 흐려져서 결국 사라져 버리는 것이 정상이지.

"태초의 빛께서도 그래서 말씀이 많지 않고 굉장히 희미하죠. 그나마도 한 사람에게밖에 전달할 수 없을 정도로요."

여왕이 거들어 설명했다.

"그럼 그놈은 뭐야?"

─모른다. 그 명확한 존재감은 마치 아직 살아 있는 것처럼 느껴졌다. 막 죽은 영령과도 같은 생생한 존재감이었다. 어쩌면 어딘가 아주 머나먼 곳에 갇힌 채, 타인과 접촉하기 위해 영령계로 손을 뻗은 것인지도 모르지.

그것은 꽤나 오싹한 이야기였다.

그리고 서문엽의 호기심을 자극했다.

"오, 그럼 첫 번째 상급 사제란 녀석이 바로 그놈을 태초의 빛으로 착각하고 따르고 있다는 말이지?"

─그럴까 봐 걱정이라는 것이다.

"뭐가 걱정이야. 이제야 좀 명쾌해졌는데."

드디어 숨겨진 대마왕의 실마리를 얻은 기분이었다.

─오만하지 마라, 서문엽. 그 정도로 오래된 영령계에 존재하는데 아직도 살아 있다면 대체 얼마나 괴물일지 짐작이나 할 수 있

더냐?

"…좀 센가?"

그렇게 중얼거린 서문엽은 한심하다는 대사제의 눈초리를 외면했다.

"문이 열린다는 것이 그 존재가 있는 곳과 시공이 연결되는 것을 의미하는 걸까요? 예언과도 일치하니 두렵네요."

대사제의 추론은 얼추 정황에 맞았다.

첫 번째 상급 사제가 그 오래되고 사악한 어떤 존재를 받들어 모시고 있다.

까마득히 먼 곳에 갇혀 있는 사악한 존재는 첫 번째 상급 사제를 이용해 이곳과 시공을 연결하고 싶어 한다.

그 존재가 나오면, 그게 바로 예언의 환란인 것이다.

─짐작 가는 바가 전혀 없다. 우리는 고대 역사의 상당 부분을 소실했어. 태초의 문명이었다는 '버려진 세계'는커녕 전제 통치 시절이었던 만인릉의 황제 시절조차 모른다.

"알 만한 지저인이 전혀 없나?"

─내가 모르면 아무도 모르는 것이다.

'재수 없는 자식.'

절로 뿜어져 나오는 대사제의 거만함에 서문엽은 이를 갈았다.

그러나 여왕도 이를 인정하는 눈치였다.

그런데 문득 여왕이 손뼉을 치며 말했다.

"그럼 만인릉의 황제에게 물어보면 어떨까요?"

"…엥?"

서문엽의 표정이 황당함으로 물들었다.

"미안한데 그 양반 우리가 처치했거든?"

실제 존재했던 만인릉은 서문엽에 의해 파괴되었다. 아니, 서문엽뿐만이 아니라 수많은 초인들이 투입되었다.

계란으로 바위를 치는 듯한 막막한 공략이었다. 천신만고 끝에 황제의 모가지를 딴 사람은 군계일학이었던 서문엽이었다. 그 두려운 황제의 힘은 대사제와 싸웠을 때보다 더 무서웠을 정도였다.

그런데 대사제는 여왕의 말에 동의했다.

—일리 있군. 그자는 영령이 되었을 리는 없으니 아직도 사령이 떠돌아다니고 있을 거야. 사령 언데드를 만들면 불러내는 게 가능해.

"아니, 시체도 없는데 너처럼 사령 언데드로 살리는 게 가능하다고?"

서문엽의 물음에 여왕이 미소를 지었다.

"아까 보시지 않았나요? 저를 따르는 지저인을요."

"아!"

그제야 아까 봤던 관측이라는 지저인이 생각났다.

분명 '구현'이라는 신기한 초능력을 갖고 있었다.

여왕은 웃으며 말했다.

"그는 안 가본 곳이 없죠. 모든 곳을 기억에 담기 위하여 평생 탐험했어요. 만인릉 원정대에도 참가했다가 패퇴할 때 살아남았었죠."

—구현: 생명체를 제외한 기억 속의 대상을 똑같이 구현한다. 대상과 동일한 성질·질량의 재료가 있어야 한다.

생명체는 구현할 수 없지만, 관측이 보고 기억에 담은 만인릉 황제는 언데드였으니 가능했다.

—그 녀석의 능력은 재료가 필요했었지. 지저인의 시체가 하나 필요하군.

대사제의 말에 여왕이 고개를 저었다.

"그럴 필요 없어요. 가상의 세계에서 만든다면 재료를 구할 필요가 없거든요."

그 말에 서문엽은 경악했다.

"혹시 배틀필드를 만든 게 그 녀석이야?"

『초인의 게임』 5권에 계속…